Sランクの少年冒険者

The S ranked young adventurer

最強闇使いが依頼を受けて学園へ

村人Z
Murabito Z

主な登場人物
Main Characters
Characters
リゴリア
冒険者ギルドの総帥。
『龍殺し』の異名を持ち
各国から一目置かれる存在。
ヒスイ
Sランク冒険者の少年。
圧倒的な魔力量を誇り、
闇魔法を使いこなす。
ユア
ギルドのAランク冒険者で
猫型獣人の少女。
常に一生懸命な頑張り屋。

ヒューリアン
アリゲール学園の教師。
一見、笑顔がさわやかな
好青年だが……
シニャ
いつも眠そうにしている
不思議議系少女。
人の心を読む力がある？
シリア
魔法の才能豊かな
ヒスイの妹。
アリゲール学園の一年生。

1

ぱちん！

父親の大きな手によってもたらされた衝撃で、俺の小さな体は簡単に吹き飛ばされてしまった。

真っ赤に腫《は》れ上がった頬《ほお》をさすりながら、俺は父を見上げる。

「ヒスイ……魔力が高いから期待していたが、なんだこれは！」

激昂《げきこう》した父の勢いは止まらない。彼が指差した先には、真っ黒に染まった玉が転がっていた。

あの玉は魔法の適性を調べるためのマジックアイテムだ。

真っ黒が意味するのは『無』。つまり、何もないということ。

上位貴族シルベラ家に生まれた俺に、適性魔法が一つもないということだ。

わずか五歳にして、俺は家名に泥を塗った。塗りたくったのだ。

「見てみろ、妹のシリアを！」

父は俺の右隣を指差した。

それに釣《つ》られて目をやると、視線の先には胸を張って誇らしげに玉を持つ妹――シリアがいた。

彼女が手にしている玉には、金色、黄色、緑色の光が浮かんでいる。

金色が聖で、黄色が雷、緑が風の属性を表していて、それらが横一列に並んでいた。

俺はそれを見ても特に何も思わなかった。彼女は何も分からないんだろうなと、憐《あわ》れみすら覚えた。

「おにいさまにはマリョクでまけたけど、マホウではかった！」

たどたどしくそう言う妹の瞳には、純粋無垢《じゅんすいむく》な喜びだけがあった。

彼女は悪くない。

嫉妬《しっと》しても、才能を羨《うらや》んでも、何も変わらない。

だから俺は、彼女に対して何も感じなかったのだ。

「おにいさま……？」

無反応な俺に不安を覚えたのか、妹は恐る恐る俺を呼んだ。

俺はそれに笑顔で応える。

小さな彼女には伝わらないかもしれないが、「これから何が起こっても気にしなくていいよ」と視線で伝えた。

妹はコクッと首を傾《かし》げる。やっぱり分かっていないんだろうなぁ……

無邪気な妹の顔を見て少し癒《いや》されたのも束《つか》の間、俺の服の襟《えり》を父が掴《つか》んだ。

体重の軽い俺は、片腕であっさりと空中に吊《つ》り上げられる。首が絞《し》まって息ができない。

「何を笑っている……！　お前は我が家の存続を危うくしているのだぞ！」

父が鬼の形相《ぎょうそう》で俺を睨《にら》んだ。

妹が「ひっ」と小さい悲鳴をあげる。

なぁ父さん。妹をこの部屋から出してやれよ。まだあいつには早いだろ、こんな光景。

そう思いつつも、声が出せない。

「勘当《かんどう》だ……！　貴様のような出来損ないはシルベラ家に必要ない！」

父は俺を無造作《むぞうさ》に投げ飛ばす。

俺は椅子《いす》をなぎ倒しながら無様《ぶざま》に転がり、壁に背中を強《したた》かに打ち付けた。

痛ってぇ……

「カンドウ？　カンドウってなに!?　おにいちゃん！」

少し青ざめた顔の妹が、すがるように問いかけてくる。いくら年端《としは》のいかない子供でも、異常な状況だと理解できるようだ。

「気にしなくていいんだ、シリア……グッ」

喋《しゃべ》ろうとしたところで、口から血が溢《あふ》れ出た。

おいおいマジかよ。

未成熟な子供の体だと、いとも容易《たやす》く壊れてしまう。

父親なら少しは手加減してくれてもいいと思うんだが……いや、もう父なんて呼び方は相応《ふさわ》しくないかな。俺は勘当された身なのだから。

ああ……でも、それだとシリアのことも妹とは呼べないな。それは辛い。

父だった男は肩を怒らせて俺を見下ろす。

「立て、ヒスイ。貴様はこれから赤の他人だ」

「ああ、そうかい……」

動く度《たび》に腹に激痛が走る。

俺は膝《ひざ》に手をついて、やっとのことで立ち上がった。

そのまま二人に背を向けて、部屋を出ようとする。

「まって！　まってよ、おにいちゃん！　どこいくの？　なんで、なんでなの!?」

「シリア、これからはヒスイのことを兄と呼ぶな」

男が感情のない声で冷たく言い放った。

「いやだよ！　おにいちゃんはおにいちゃんだもん！」

「シリア！」

現状が理解できずに喚《わめ》くシリアに、男は現実を叩き込もうとする。俺の頬を打ったその手で。

もう家族ではないとはいえ、可愛い妹に手を上げることだけは許せない。

「やめろ！」

俺の叫《さけ》びで、男の手がピタっと止まった。

男の冷徹《れいてつ》な視線が俺の目とぶつかる。

だが俺は今、こいつと戦うつもりはない。だからすぐに目をそらした。

そして、優しくシリアを見る。

「シリア、俺はもうお前の兄ちゃんじゃないんだ。ごめんな」

「どうして、おにいちゃん……どうして……ぐすんっ……」

シリアの瞳から大粒の涙が流れる。それを拭《ぬぐ》ってやりたい衝動に駆られるが、俺は黙って部屋を出て──

◆

──布団をはね除《の》けて起き上がった。

「嫌な夢を見ちまったな……」

俺はため息とともに髪をかき上げる。

なんで夢ごときにこんなに動揺してるんだよ、俺は。

額《ひたい》はじっとりと汗ばんでいた。

俺は朝の風呂を浴びるために、ノソノソとベッドから這《は》い出した。

三十分後、俺は冒険者ギルドの総帥《そうすい》室の前に立っていた。

五メートルはある巨大な木製の扉を軽くノックする。

小さく響いたその音に、室内の人間から反応があった。

「ういーっ！　やっと来たか、ヒスイ少年よ！」

扉を開けるなり、腕を曲げて筋肉をアピールするスキンヘッドの男。

冒険者ギルド総帥であるリゴリアその人だ。

彼が暑苦しい笑みを浮かべた瞬間、ハゲ頭がキラッと光った気がした。

「やっと来たって……まだ朝の六時。ニワトリだって鳴きはじめたばっかりだろ」

「何を言うか！　ユア少女はすでに到着しているのだぞ！」

室内を覗《のぞ》くと、確かに先客がいた。

銀髪碧眼《ぎんぱつへきがん》の獣人の少女。俺が良く見知っている人物、ユア・ミューリュッフィだ。

彼女は俺よりランクが一つ低いAランクだが、世間では麒麟《きりん》児《じ》やら神童《しんどう》と騒がれている。

「遅いです。Sランクの冒険者ならば自分の行動には責任を持ってください」

ユアは、髪の間から覗く同じ毛色の猫耳をぴくぴく動かしながら言った。

「いやいや、時間は指定されてないでしょ。てか、Sランクでもダラけているやつは結構いるぞ」

「――ッ。そういう言動がダラけていると言ってるんです！」

「はいはい。猫ちゃんは真面目《まじめ》で偉いですねー」

「ほえ……!?　あ、ありがとうございます……」

ちょっと嫌味を言ってやったつもりだが、真《ま》に受けたユアは嬉しがって俯《うつむ》いてしまった。顔は朱色に染まり、さっききまで元気に動いていた猫耳は垂れている。

単純なやつだな……

「さて、ヒスイも中に入ってくれ。重要な話があるのでな」

リゴリアが真面目な顔でそう言った。

さすがの俺も『龍殺しのリゴリア』が発する重々しい気迫の圧を感じると、自然と顔が引き締まった。

実は俺も今までに何度も龍を殺したことがある。下位から上位まで、それこそ何匹も。だが、リゴリアはレベルが違う。王位、神位と呼ばれる強大なドラゴンを狩ったのだ。

促されるままに俺も部屋に入り、ユアの隣に立った。大きな机を挟んで、ちょうどリゴリアと対面する位置だ。

彼は立派な椅子にどかっと腰を下ろすと、おもむろに口を開いた。

「ユアに質問なのだが、『ギルティアス』という組織は知っているか？」

「知っています。強盗から暗殺まで、とにかく非合法なことをしている裏組織ですよね」

「そうだ。そのギルティアスだが、メンバーがそれなりにやり手なのでな、どうしても尻尾《しっぽ》が掴めないのだ」

「ほええ、総帥でも尻尾を掴めないなんて、そんなにすごい組織だったんですね……！」

ユアの顔が驚愕《きょうがく》と恐怖に染まる。

だが、俺は彼女に現実を教えてやることにした。

「いや、そんなにビビることはないぞ。ギルティアスが見つからないのは、このおっさんが索敵《さくてき》とか、細かいことが苦手だからだ。探し出してガチンコバトルしたら一秒もいらないだろうな」

「なんでそこまで言い切れるんですか⁉　もしかしたら強いかもしれませんよ！」

「俺はすでにギルティアスの連中と戦ったことがあるからだよ」

「え……？」

さっき、リゴリアはユアに対してのみ質問した。俺はすでに知っているという前提なのだ。

ユアは話が呑み込めずにポカーンとしている。

リゴリアは俺に、「説明してやれ」と目で促してきた。

はぁ……面倒だけど、まあいいか。

「あれはまだ俺がBランクの冒険者だった頃だ。とある商隊の護衛依頼を受けていた。んで、その途中にギルティアスのメンバーに襲撃されたんだよ。五人くらいのパーティだったかな。殺したよ。普通に弱かった」

「あっ……その……ごめんなさい……」

ユアは言葉を詰まらせて、俯いてしまった。

リアクションが重い。具体的な殺し方とかは省《はぶ》いて、なんでもないように言ったつもりなのに、どうしてこんなに深刻なんだ。

「いや、別に謝らなくてもいいんだけど」

「ユア少女よ、そこは謝るタイミングではない！　生け捕りにしなかったヒスイ少年を罵《ののし》るべきなのだ！」

重い空気を変えようとしたのだろうか、リゴリアがブラックなジョークで笑い飛ばそうと声を張った。

ユアは生け捕りにされた後にどうなるか知っているからか、さらに沈み込んでしまう。猫耳もしょんぼりしていて元気がない。

しかし、リゴリアは一人で納得して、満足げに「うむ！」と頷《うなず》いて話を続ける。

「それでだな、二人に依頼があるのだ！」

「……ギルティアスに関する話ですか？」

ユアは恐る恐るといった様子で問いかけた。

もしかして彼女は殺人処女なのだろうか。それならば物騒《ぶっそう》な依頼に抵抗があっても無理はない。

だが、リゴリアは一切容赦《ようしゃ》しなかった。

「そうだ」

ユアの尻尾と猫耳がピーンっと立った。

可愛い——一瞬そんな感想が脳裏《のうり》をよぎった気がしたが……そんなはずはない。たぶん。

「どんな依頼なんだよ？」

すっかり思考停止状態になったユアに代わって、俺は続きを促した。

リゴリアはユアを心配そうにチラッと見たが、彼が心配しているのは依頼を受けてくれるかどうかであって、ユア本人の心配は全くと言っていいほどしていない。

「アリゲール学園という学校に在籍しているであろうギルティアスのメンバーを探してほしい、という依頼だ。ランクはAに設定されている！」

「チッ。学校とは面倒だな。別のやつに任せられないのか？」

「現在、王国にAランク以上の者は少ない。何より、ヒスイ少年とユア少女を除けば全員が大人だ！　教師として入ってもいいかと思ったのだが、さすがに教える立場では制約が大きくてギルティアスのメンバーを探す時間がなくなってしまうのでな」

そこは学園側に協力してもらえよ……と言いたかったが、ろくに仕事をしない教師がいたら不審がられるだろう。そしてギルティアスのメンバーに勘付かれ、息を潜めるか逃亡されてしまう……って感じか。

「……ほえええええ！　殺人なんて無理です！　無理ったら無理ですぅ！」

ようやく我に返ったユアが、突然叫び出した。

「うるさいな。別にお前が殺さなくてもいいだろ。要は捕縛《ほばく》してリゴリアのところまで引っ張ってくればいいんだよ」

「な、なるほど。確かにそうですね。さすがSランクです……」

俺が先に〝殺した〟とか言ったからそういう発想になったんだろうが、普通に考えれば誰でも思いつくだろ、捕縛くらい。

「では、受けてくれるか？」

「私は問題ありません」

ユアが間髪《かんはつ》を容《い》れずに答えた。

こいつは怪しい依頼以外はあっさり受けてささっとクリアしてくるからな。今回も殺人が絡まないと分かった途端に承諾しやがった。

リゴリアは満足げに頷いた後、無言で俺を見た。

俺か。俺は……

「悪いが俺はパスだ」

「ほえ!?　ど、どうしてですか!?」

当然俺も依頼を受けるものだと思っていたユアが素《す》っ頓狂《とんきょう》な声を上げる。

「あの学園はほとんどの学生が貴族だろう。しかも、貴族と平民の格差が大きすぎるらしいからな。平民の俺が入っても悪目立ちしてギルティアスのメンバー探しはできねーよ」

潜入する者が極力目立たないというのは、今回の依頼で重要なポイントだ。

アリゲール学園に在籍している平民はごく少数で、当然貴族たちからは差別の目を向けられている。平民というだけで否《いや》が応でも目立ってしまう。

だから俺は今回の依頼にあまり向いていない。

「でも、私も平民ですよ……？」

「〝他種〟は平民だろうが貴族だろうが関係ねーんだよ。あくまでも差別があるのは同種の人間同士だけだ」

「そうなんですか……」

ユアは納得して引き下がった。

てか、別にこいつを納得させるメリットはないし、わざわざ説明しなくても良かったかな。

「ヒスイよ。今回の依頼はユア単独では心許《こころもと》ないのだ。お前は目立っても構わない、入学して万が一に備えてくれさえすればそれでいい」

「万が一の備えは学園の優秀な教師だけでいいだろ」

「それでは足りん。家族は家族が守ってこそ安心というものだ」

ギルドの掟《おきて》の何十何条目にこうある。

――ギルドのメンバーは全員が家族。互いに助け合わなければならない。

ギルドブックに書いてあったやつだ。俺もうろ覚えだけどな。

俺はため息とともにユアを見る。

「はあ……分かった、分かったよ。入ればいいんだろ」

生真面目な瞳で俺を見つめ返していたユアの顔が輝いた。

「それでこそSランク冒険者です！」

「ふっ。ヒスイよ、ようやく首を縦に振ってくれたか！」

二人は嬉しそうに笑う。

面倒な依頼を受けちまったな。

まぁ、人捜しはユアに任せて、俺はダラダラしてればいいか。

◆

「お主たちがギルドからの使いかの？」

テーブルの上に手を組んで顎《あご》を載せている女——いや、容姿だけを見れば幼女——がそう聞いた。

膝まである紫紺《しこん》の髪と、赤・金のオッドアイの幼女が、座りながら俺とユアを見ている。

大理石のローテーブルを中心に黒革のソファーが並ぶ、重厚な調度が目を引く部屋。

ここはアリゲール学園の理事長室だ。

「は、はい。Aランク冒険者のユア・ミューリリュッフィです」

ユアは若干怯《じゃっかんおび》えた様子だ。

まぁ、無理もないかもしれない。目の前にいる幼女は、すでに百年の時を生きた『賢者』セスティアなのだから。リゴリアと同格か、あるいはそれ以上。化け物と呼んでも過言ではない。

ちなみに、彼女はアリゲール学園の理事長兼学園長である。

「ふむ。妾《わらわ》はセスティアじゃ。これからよろしく頼むのじゃ、ユアよ。妾もなるべくサポートできるように頑張るからの」

「も、もちろんです！」

「うむ」

セスティアは緊張でガチガチになっているユアを見て微笑《ほほえ》みを浮かべる。だが、俺と目が合うと同時に、嫌そうに顔をしかめた。

そんな反応されると、俺でも傷つくんだけど。

「……久しぶりじゃの、ヒスイよ」

「おう。俺が魔法学会で『闇魔法』の存在を認めさせて以来か？」

「あの時はどれだけの被害が出たことやら。憎ったらしいやつめ……」

どうやらセスティアは昔の因縁《いんねん》を思い出していたようだ。別にセスティアが直接被害を受けたわけでもないのに、まるで俺を親の仇《かたき》かのように見てくる。

「いやいや、認めようとしなかった魔法学会のやつらが悪いんだよ」

「あの、なんのことですか？」

一人だけ会話に加われずにいたユアが、小声で質問をしてきた。

セスティアは俺を睨みつけながら答える。

「ユアは別の国にいたから知らんのじゃったな……こやつは昔、闇魔法を使って魔法学会の本部を半壊させたのじゃ！」

「ほえ!?」

「仕方ねーだろ。何度も闇魔法を見せたのに、存在を認めようとしなかったんだから」

「それでも限度があるじゃろうが！」

限度、ねぇ。

俺は魔法学会のやつらに何度も説明したのだ。俺が家から勘当されて、何度も何度も辛い目にあった過去を。

もしも闇魔法の存在が認知されていれば、俺みたいなやつも少しは減るだろう。そんな思いで必死だった。

それなのに嘲笑《あざわら》った。

『闇魔法？　そんなもの〝賢者様〟も使われていないのだぞ。あるわけがないだろう』

『使用者が稀《まれ》すぎるから、魔法として登録する必要性は全く感じられない』

『そもそも、貴様が使ったこの魔法は何か細工《さいく》をしたのではないのか？　映像用のマジックアイテムとか――』

バカじゃないかと。

最初はタチの悪い冗談かと思ったが、一時間以上も付き合わされれば俺の血管が切れても仕方ない。

セスティアはおそらくこの辺りの経緯は何も聞かされていないのだろうが、今さら俺が説明しても信じてもらえそうにないから、気にしないようにしている。

「こほん。今はこの話をしている場合ではなかったな」

セスティアは一つ咳払《せきばら》いをしてから、真剣な顔で続けた。

「お主たちにはこれより学園の入学試験を受けてもらう」

「ん、それはそっちで上手《うま》いこと都合《つごう》をつけて入れてくれよ」

「教師陣にはお主たちのことを言っておらん。だからそれは無理なのじゃ」

「……面倒だな」

俺が小さくぼやく横で、ユアは快活に応えた。

「いえ、試験くらいなら簡単ですよ！」

ユアはこう考えているのだろう。

教師陣に俺たちのことを知られたくないのだから、試験を受けるのは当然だ。それに、Aランク冒険者の自分には試験なんて簡単なので別に構わない、と。

だが、違う。本質はそこじゃない。

セスティアの言葉を言い換えると、「教師陣も信用できないから話していない」ということ。つまり、教師の中にもギルティアスのメンバーがいるかもしれないのだ。

ユアはその辺理解できていなさそうだが……こんなんで本当にギルティアスのメンバーを見つけられるのか不安になってきたな。

「では、二人には学園の第一演習場に向かってもらおうかの」

「その前にいいか？　試験ってどんな内容なんだよ？」

「教師と戦うのじゃ。そして教師から合格をもらえば、晴れて入学という流れじゃ」

なんていうか、雑だな。適当すぎるわ。

賄賂《わいろ》でもコネでも使って教師を抱き込めば簡単に入学できるじゃねーか。

ああ、だから貴族が多いのね……納得。

「第一演習場に茶髪の女教師がいるのじゃ。名はメシャフ。彼女に言って試験を受けさせてもらうのじゃ」

「分かりました！」

元気よく返事をしたユアが、一礼して扉を開けた。

俺はすかさず扉をすり抜ける。

「なっ！　私が開けたのに！」

俺はユアの声を無視して学園の廊下《ろうか》を足早に進んだ。

灰色の防壁で四方を囲まれた演習場は、魔法や模擬戦などでよく使われる場所らしい。

第五演習場など、観客席が設けられたものもあるんだとか。

「あれじゃないですか？」

隣を歩いているユアが指差した。

色々省略されすぎているが、彼女の指し示す方向を視線で追うと、何が言いたいか理解できた。

肩まである茶髪の女性がいたからだ。

おそらく試験を担当する教師だろう。名前は確かメシャフだったか。

彼女の隣には黒いロングヘアーのダークエルフの姿があった。

「あのダークエルフさんは誰なんでしょうか？」

「さぁな。俺たちと同じ試験を受けるやつじゃねーのか」

「なるほど」

しばらく歩いて教師メシャフと思《おぼ》しき女性の前に着いた。

「初めまして。試験を受けさせてもらいます、ユア・ミューリュッフィと申します」

ユアが一礼をした。

「初めまして～、あたしはメシャフだよ～。試験官を担当する教師なのだ～」

聞く人のやる気を削《そ》ぐような、間延びした声。

学園に入学したら、ぜひともこの女教師の授業を受けたい。よく寝られそうだからな。

俺も自己紹介をしようとしたが、その前にメシャフが手を叩いて合図をした。

「じゃ、これでみんな集合したね～」

どうやらこの三人で試験を受けるようだ。

まぁ今は入学シーズンじゃないし、このくらいの人数で妥当なんだろうな。

てか、俺は自己紹介しなくてもいいのか？

予め試験を受けるやつらの名前は知っているのだろう。二人が自己紹介したら、残りは消去法で決まるから必要ないということか。

やっぱりこの学園、適当だな……

理事長は賢者と称される大物なのに、これじゃあギルティアスのメンバーが潜り込むわけだよ。

「では、誰が最初にあたしとやりますか～？」

大きな演習場の中心で、メシャフが両手を広げて言った。

誰も反応しない。

ユアはメシャフの実力が不明だから用心して名乗り出ないのだろう。

俺は面倒だからやりたくない。

「むむー。誰も手を挙げてくれませんか～。よし、ディティア・アシェルダさん～、前に出てきてください～」

しびれを切らしたメシャフが、ダークエルフの少女を見て言った。

決まったな。最初にメシャフとやるのは彼女だ。

「分かりました」

ディティア・アシェルダという名のダークエルフの少女は始終無言・無表情で、何を考えているのか分からなかったが、頷いて一歩前に出た。

「えーと。どうぞ、あたしを親の仇だと思って、かかってきてください～」

「……はい」

なんとバカにしたような言い草だろうか。ディティアが不愉快そうにしているじゃないか。

彼女は右手をメシャフに突きつけた。

「風炎《サラベスタ》！」

魔法名を発すると同時に、ディティアの右手から炎を帯びた風がメシャフめがけて飛んでいく。

これは混合魔法かな。魔力の量から見て中位レベルか。

「なかなかやりますね……」

ディティアの魔法を見たユアが、俺の隣で感嘆《かんたん》の声を漏らす。

確かに、俺もそう思う。

年齢的に十五くらい。俺とあまり歳が離れていないのに、結構すごいな。

混合魔法は、通常単一魔法よりも難易度が上だ。その分、威力や範囲が勝《まさ》っている。混合魔法の中位レベルなら通常単一魔法の上位に相当する。

それを涼しい顔で放ったディティアは、それなりの実力者と見ていい。

「はい、合格ですぅ〜。滝風《アッシ》」

ディティアの入学許可が出されるとともに、混合魔法の風炎《サラベスタ》が消えた。

いや、メシャフの滝風《アッシ》という天から降ってくる風の上位魔法に相殺《そうさい》されたのだ。

教師というだけであって、このくらいは簡単なのか。

ディティアは一礼して後方に下がった。

そしてメシャフが俺たちを見る。

「さて、じゃあ次はユアさん〜、来てください〜」

次に呼ばれたのはユア。なんてことないという顔ながらも、尻尾はピンと立っている。

ユアはいつだって真面目だ。依頼を受ける時も、雑事をこなす時も。

俺にSランクの心構えを説いて絡んでくるのが玉に瑕《きず》だけどな。

ユアはまだSランクの壁を越えられそうにないが、それでも同年代の中では圧倒的に優秀だ。

身体能力が高い獣人族に生まれたうえに、三つの適性魔法を持つ異端な存在。魔法だけで戦った場合、俺でも勝つのが難しいかもしれない。

そのレベルにあるユアが、本気で相対している。

「お〜、もうこれだけで合格にしたいですね〜」

ユアの圧に当てられながら、なおも笑顔を保ち続けるメシャフ。

力の程度は同じくらいと予想してみる。

「ユアさんだっけ、強いの？」

いつの間にか、俺の隣に移動していたディティアが聞いてきた。

ダークエルフ特有の長い耳をピクピク動かしている。

ユアの強さを感じたからか、さっきまでとは打って変わって興味津々《きょうみしんしん》な様子だ。

おそらくディティアとユアは同年代だろう。気になるのも無理はない。

人より才能がある者は、自分と同じくらいの才能を持つ者に興味を抱くものだ。

面倒だが、質問に答えてやることにした。

「強いよ。多分、お前以上にな」

「そう」

ディティアは俺の答えを聞くとすぐに会話を放棄《ほうき》した。ユアをもっと観察したいのだろう。なかなか研究熱心だな。

「行きます。氷床《フォリー》」

ユアが目を瞑《つむ》ってそう言った。

普通なら戦闘中に目を閉じるのは愚かな行為だが、彼女の場合は違う。

ユアの足元にある土の地面がどんどん凍っていき、ついには演習場の半分が氷に包まれた。

メシャフは自身の足が凍らないように器用に避けている。しかし、ただ逃げているだけではない。

目を瞑っているユアを見て隙《すき》があると判断したらしく、魔法を放った。

「風矢《アロー》！」

下位魔法である風の矢がユアめがけて勢いよく飛んでいく。

だが、それは無駄だ。

半透明な風の矢は氷結領域に入ると、簡単に凍ってしまった。

「あらら、そういうことですか～」

「まだ続けますか？　それとも合格ですか？」

ユアが目を開けて聞いた。

これ以上続けても無駄。

ユアが展開した氷床《フォリー》の『絶対領域』には、人はおろか、魔法すらも入ることができない。そして、ユアは絶対領域の中からいつでも好きに魔法を放てる。

つまり、やりたい放題できるのだ。

「ん～合格ですぅ～」

まだ余裕のある笑顔を保っているメシャフが言った。

もしかしたら彼女には絶対領域を破る策があるのかもしれない。

しかし、今は本気で戦う場面ではない。まだ教師としての立場を優先して、大人しく合格だけを伝えたんだな。

「お疲れ様でした」

ユアが氷床《フォリー》の魔法を解き、演習場を覆っていた氷がたちまち溶けていく。

隣にいたディティアはユアのもとに歩き出した。

「あなた強いのね。私はディティア・アシェルダ。ティアって呼んでね」

「ありがとう、ティア。私のことはユアって呼んで」

二人の強者が楽しそうに笑い合っている。俺は完全に蚊帳《かや》の外だ。

「じゃあ、次はヒスイ君～おいでおいで～」

「あいよ」

メシャフの呼び声に応じて演習場の真ん中に行く。

まいったな、俺はどうしようか。

目立ちたくないから本気は出さないとしても、合格基準が分からないので、どれくらい手加減をすればいいかも判断がつかない。

そう思っていると、メシャフが俺を挑発するように言ってきた。

「あー。ヒスイ君が一番強いって知ってるからさ～、本気でいいよ～？」

いやいや、俺が本気出したらこの学園潰れるぞ？

賢者のセスティアがいなければ、の話だけど。

俺は率直に合格基準を聞くことにした。

「なぁ、どれくらいで合格できるのよ？」

「ええ～、それを言ってしまっては、本気が見られないじゃないですか～。まあ、強《し》いて言うなら……通常単一魔法の中位、混合魔法の下位で合格ですかね～」

「ふーん。じゃあ剣とか格闘は？」

「近接戦の合格は口で説明できませんね～」

おっけーおっけー。

俺は闇魔法で通常単一の王位までの威力と範囲を使える。しかし、そもそも闇魔法は他の属性と違って桁外《けたはず》れだ。魔法としての格が群を抜いている。

下位の闇魔法であっても、威力では火の上位に並び、範囲は風の上位と並ぶ。端的に言えば、魔法を使えば速攻で目立つ。

もしもメシャフがギルティアスのメンバーだったら、一発で警戒されてしまう。

――ってことで、俺は魔法以外の戦い方を選ぶべきだ。

「じゃ、俺は接近戦でいく」

「そうですか～」

ズボンの『ポケット』から木剣を取り出す。

「おお～、その黒いズボンはマジックアイテムですね～。どんな効果があるんですか～？」

「ポケットが無限の容量を持つ袋になっているだけだ」

どっかの地下迷宮に潜っている時に偶然見つけた代物《しろもの》だが、なかなか便利なので使っている。

メシャフは気の毒そうな目で俺を見た。

「学園に入学したら制服を着てもらわないといけないので、それは穿《は》けませんよ～？」

「分かってるよ、それくらい」

「了解です～。では、カモンです～」

メシャフの突然の合図。

俺は足に力を込めて木剣を上段に構えた。

近づいてくるメシャフに対して、殺傷力を高めて一気に振り下ろす。

メシャフはそれを右に体を捻《ひね》って避けた。

木剣を振り抜く前に、一瞬だけ止めて横になぎ払う。

メシャフはバックステップでさらに避ける。

俺が追撃を加えよう踏み出すと、メシャフが慌てて言った。

「はい！　ストップですぅ～！」

「合格か？」

メシャフが手を上げて頭の上で丸を作った。

「そうです～。合格です～」

演習場が安全になると同時に、ユアとディティアが揃って俺に歩み寄る。

「あんたクズね」

開口一番、ディティアが吐《は》き捨てた。

「ん？」

「この女教師は明らかに魔法寄りなのに、接近戦でここまで追い詰めるなんてね。それで合格して何が嬉しいの？」

急に何を言い出すんだ、こいつ。

「いえいえ〜、試験の一環なので気にしないでください〜」

メシャフがすかさずフォローを入れるが、ディティアはまだ納得のいかない表情をしている。

すると今度はユアがたしなめた。

「たとえどんな手段を使っても、合格は合格です。それに、それはあなたが気にすることではないですよ、ティア」

「う、ユア先輩がそう言うのなら……。だけど調子に乗らないことね、あんたみたいなズルいやつはすぐに淘汰《とうた》されるわよ」

どうやらディティアよりもユアの方が年上だったらしい。俺が試験を受けている間に「先輩」などと呼ぶようになったのか。

「はいはい、忠告ありがとさん」

「――ふん」

俺が適当に流すと、思いっきり睨まれた。

おいおいおい。後輩のくせに面倒くせえやつだな。

「じゃ、これで試験は終わりかな～。ディティアさんは一年生担当の職員室に、ユアさんは二年生担当の職員室に向かってくださ い～」

「「分かりました」」

二人はそう言って仲良く演習場から出ていった。

「ん、俺は？」

俺とユアは同い年だったはずだが、俺も二年生担当の教室に行けばいいのか？

俺の疑問にメシャフが答えた。

「闇魔法使いのヒスイさんは、ここであたしと戦ってもらいます～」

「ああ、なるほどね」

「あまり驚かないのですね～」

メシャフの戦い方は手加減しているというか、どこか力を温存している風だった。なんとなくだけど、こうなる可能性は頭の隅っこで予想していた。

「そりゃーね。俺の正体に気づいてそうだったし」

試験を始める前に、メシャフは「一番強いのはヒスイ君」とか言ってたからね。

俺もSランクだし、それなりに名は知られている。ある程度バレるのは織《お》り込み済みだ。

ひょっとしたらギルティアスのメンバーを殺した過去があるから、学園に入った途端に狙われるかもしれない。

あえて俺が目立てば、ユアが動きやすくなる。それも作戦の一つだと考慮していた。

でもまさか、ここまで簡単に出てくるとは思わなかった。

ギルティアスのメンバーがさ。

「容赦しねーぞ？」

「うふふ～、そうしてくれると嬉しいです～」

メシャフを、俺が殺したギルティアスのメンバーの六人目にしないように気をつけないと。

生け捕りにして情報を引き出す必要があるからな。

しかし、なんでこのタイミングで戦闘を仕掛けてきたのか。釈然《しゃくぜん》としない部分もある。

暗殺とか、逆に逃亡するとか、考えなかったのだろうか。

まあいい。今はただ目の前にいるおっとりした女を捕まえることだけに集中しなければならない。

余計な詮索《せんさく》は戦いに支障をきたすだけだ。

「うふふ～、行きますよ～」

メシャフの合図。

俺は木剣をポケットにしまい、黒く輝く鮮やかな『刀』を取りだす。

たいていの剣は切れ味よりもその重量で叩き潰すことを想定しているが、刀の切れ味は別格だ。

今回は首や心臓など、命に関わる部分を狙ってはダメなので、抵抗を封じるために手足の一本を斬る程度にしないとな。

「まずはこれです～、滝風《アッシ》」

さっきディティアに使った魔法か。

滝のように空から降ってくる高威力の風。

当たったら一瞬で肉塊《にくかい》と化すだろう。

だが俺は動かない。

動く必要がないのだ。

「――ッ⁉」

メシャフに明らかな動揺が走る。

俺が全く動かないことに驚いたのだろうか。

滝風《アッシ》がついに俺の頭まで迫った。そこで俺は頭上を黒い刀で――斬った。

「わお～、すごいですね～……」

メシャフはまだ顔に笑みを貼り付けているが、その口調にはさっきまでの勢いがない。口元もやや引きつっている。

「魔法は魔力によって構成されている。この程度の魔法なら、刀に魔力を通せば余裕で斬れるぞ」

「あはは～。……その技術は放った魔法以上の魔力じゃないとできなかったような～。……そもそも、その量の魔力を通せる片刃の剣の容量って一体どれくらいあるんですか～」

「滝風《アッシ》は上位魔法だったな、それ以上の魔力なんて簡単に出せる。それと、この刀は特別な鍛冶屋が作った物でな、俺の莫大な魔力を入れても壊れないんだよ」

タネも仕掛けもないただの剣——というわけはないので、軽く説明をしてやった。

俺に逆らおうと考えないように、どっちが強者かを教えたわけだ。

「これは厳しいですかね～」

メシャフの顔から笑みが消え、真剣そのものの表情になった。それでも、間延びした喋り方だけは変わらないのか。

「少しだけ覚悟してもらいますよ～？」

メシャフが右手を空に突き上げた。

「雷天《サルデル》」

王位魔法。

俺の脳内にその魔法の威力を認識させるだけの魔力が、メシャフの右手から放たれた。

一瞬で空が曇り、メシャフの魔力が行き着いた先から、無数の雷が地面を貫く。

抉《えぐ》られ、打ち砕かれ、演習場の地面がボロボロになっていく。

幸いなことに、防壁には自動防御の結界が張られているため傷がつくことはない。

「くそっ！」

刀で雷を処理していくが、追いつかない。

魔力の塊《かたまり》といえど、自然現象を模した魔法なのだから、生身で触れれば感電してしまう。

最悪の場合は死ぬ。

無秩序に落ちていた雷が、だんだん俺に集中して降り注ぐようになった。

メシャフが自由自在にコントロールしているのだろう。

……仕方ない。使ってやるか、闇魔法を。

「黒靄《ブラウ》」

俺の体中から黒色の靄《もや》が現れて、周りを漂いはじめる。絶対に俺のもとから離れない。

こいつは俺に多大な貢献をしてくれる。

自動防御、身体能力強化、第三の目、空間支配などなど。

まぁオマケがいっぱい付いている鎧《よろい》のようなものだ。

強いて欠点を挙げるなら――手加減しても強すぎるところくらいか。

「なるべく殺さないように気をつけるが、そっちも死なないように注意しろよ?」

落ちてくる雷の向こう側にいるメシャフにそう言った。

勝負は呆気《あっけ》なくついた。

黒靄《ブラウ》は雷を寄せ付けず、俺はあっさりとメシャフとの距離を詰めた。

さらに刀に黒靄《ブラウ》の一部を付加して振り下ろす。

刀の軌跡をなぞるように、一筋の闇がメシャフの真横を通り過ぎ、演習場の地面を深々と斬った。

「降参です～。やっぱり強いですねぇ～、手も足も出ませんでした～」

しょぼくれながらメシャフが言った。

底が見えないほど深く割いてしまった地面を覗き込むと、自動防御が施《ほどこ》されているはずの防壁まで壊れている。

……やりすぎたか。

闇魔法はやっぱり手加減しにくい。もっと修練しなければいけないな。反省反省。

メシャフは気を取り直すように、一度大きく深呼吸をした。

「それじゃ、授業を受けに行きましょうか～」

「ああ……ん？」

メシャフがあまりにも自然に言うので、つい乗ってしまった。

「いやいや、お前は豚箱に入るんだよ」

「え～？　どうしてですか～？　壁や地面は理事長の施した自動再生式の魔法ですぐに直りますよ～？」

「そうじゃない」

メシャフは顎に指を当てて呑気《のんき》に考え込む動作をしている。

「ん～？　あ～、ケンカしたと思ってるんですか～？　生徒と教師は戦ってもいいんですよ～？」

「それでもない」

「え～？　え～？　あ～、教師が教え子にイケナイ遊びを教えたら、さすがに捕まっちゃいますね～」

「――って、どういうことだよ、それ！」

しらばっくれているのか、それとも本当に分からないのか。メシャフはついに冗談まで言うようになってきた。

このままでは埒《らち》があかない。俺から説明してやらなきゃダメそうだな。

「はぁ……だいたい、なんで俺と戦おうとした？」

「それは好奇心ですねぇ～。その歳でSランクまで上り、魔法学会の本部を壊し、他にもいろいろとやってきたヒスイ君に興味があったのですよ～。それが何か？」

「……えっ？」

「？」

あ、もしかして俺、早とちりしてたか？

そういえば、メシャフはただ「戦う」と言っただけで、俺を「殺す」とは一言も言っていない。

俺が一方的にそれを「殺し合い」だと認識していただけ、というわけか。

そもそも、ギルティアスのメンバーだという決定的な証拠はないしな。

このままだとボロが出てしまうかもしれないので……今は誤魔化《ごまか》そう。

「あ、ああ。俺の気のせいだった」

「え～？　なんですか～。気になるじゃないですか～」

指でツンツンと俺の胸を突《つつ》いてくるメシャフ。一見バカそうだけど、こういうやつほど勘が良かったり、意外と頭の中では深く考えてたりするんだよなぁ。

とりあえず話をそらしておくか……

「俺なんかのことよりも、あの雷天《サルデル》だっけか。あれはなかなか強かったよ」

「おお～！　ですよね、ですよね～。私もその魔法には結構自信があるんですよ～。でも、やっぱりヒスイ君の闇魔法には及ばずでしたけどね～。あの自動で守る靄が邪魔でしたよ～。それに、それに～、刀に闇魔法を纏《まと》わせるやつですかね～、とっても格好良かったですよ～！　あとはですねぇ～――」

メシャフは喜々として戦闘の感想を語りまくる。俺に喋る隙を与えてくれない。

予想以上の反応だ。

しかし、これで上手く誤魔化せたはずだ。

なおも語り続けるメシャフだったが、授業開始を知らせる鐘の音《ね》が聞こえてくると、驚いて飛び上がった。

「しまったです～！　夢中になりすぎて、授業のことを忘れていました～！」

メシャフは慌てて走り出した。

どこに行けばいいか分からない俺は、彼女の後についていくしかない。

つくづく、この学園には適当なやつしかいねーのかよ……

メシャフが向かった場所は職員室だった。

職員室は向かい合った机が所狭《ところせま》しと並び、どの机にも資料と思われる紙が山と積まれていた。すでに授業時間だからか、教師の数はまばらだった。

「へぇ、君がもう一人の二年生に入学する子か」

メシャフに紹介されたのは、青髪で、優男《やさおとこ》風の青年。どこかで見たことある……そんな印象がするのは、こいつが典型的な教師の風貌《ふうぼう》だからか？

「メシャフ先生。あとは僕に任せて、三年生の教室に向かってください」

「はい〜。では、遅刻してるので、お言葉に甘えますね〜。あとは頼みます、ヒューリアン先生」

男は二年生を担当する教師。ヒューリアンという名前らしい。

俺もユアと同じ二年生なのか。

そして、メシャフは三年生担当ということが今判明した。

「じゃあ、行こうか」

ヒューリアンがそう言って歩き出した。

職員室を出て廊下を進む。俺も黙ってその後ろについていく。

「君は平民だよね？」

唐突な質問だった。

「ああ」

嘘をついてもすぐにバレるだろうから、俺は素直《すなお》に答えた。

「そうかい。ちなみに、人間族なんだよね？」

「人間族以外に、どの種族に見えるんだ？」

「ははっ。念のためさ」

ヒューリアンが笑った。だが、俺を振り返った彼の笑みには、差別と嘲笑が込められていた。その顔を見ただけでもすぐに分かった。

こいつは――

「なら、あまり僕に話しかけないでくれよ？　平民ごときと話すと、貴族様と話す時のテンポを忘れてしまうからね」

――差別する人間なんだな。

喋り方だけは優しそうだが、こいつには明らかに悪意しかない。厄介な教師だ。

大体なんだよ、話す時のテンポって。そんなに気を遣《つか》うほど貴族のやつらは相手するのが面倒なのかよ。

「見えてきたね。あれが二年生の教室だよ」

「二年」と書かれた室名札が見えてきた。

ていうか、お前が俺に話しかけるのはアリなんだな。なんて鬼畜ルールだよ。

文句の一つでも言おうかと思ったが、その暇もなくヒューリアンが教室の扉を開けた。

「おはようございまーす」

やる気のない挨拶。教室にいる全員の視線がヒューリアンと、その後ろにいる俺に集中した。

教室は二年生全員が入れるだけあって大きい。全部で百か二百はいそうだな。

ユアは一番後ろの席に座っていて、周りには数人の獣人族の連中が集まっている。

新入りの挨拶ってところか。暴力的な意味じゃなくて、仲良くしようねーみたいな感じの。

「みんな席に座ってねー。まずは新しい子たちの紹介からいくよー」

教卓の前に立ったヒューリアンがユアを指差した。

「見ての通り、獣人族の可愛い女の子だよ。名前はユア・ミューリュッフィちゃん。もう仲良くしている子が何人かいるね」

教室中が沸き立った。主に男子たちが。

次に、ヒューリアンの指先が俺に向いた。

「平民のヒスイ君。よろしくしてやってね」

ユアの時とは違ってぞんざいな紹介だ。

それを受けて、貴族の子弟らしきやつらがこっちを鋭く睨んでくる。

ヒューリアンが言った「よろしくしてやってね」ってのは、要するに生意気しないように躾《しつ》けろよってことか。

あーあ。これだから学校は面倒なんだよな。

「席は自由だから、勝手に座ってね」

なおも優しい教師のフリをし続けるヒューリアン。もう本性バレバレなんだから、もっと正直に振る舞ってもいいのに。

まぁ、席が自由だっていうのなら勝手に座るかな。一番後ろの窓側がいいか。

極力目立ちたくないから、ああいう隅っこが一番なんだ。

次に、学年の中でどの授業を受けるか決める必要があるようだ。

実戦科、魔法科、近接戦闘科、治癒《ちゆ》科、他にも色々あるみたいだな。

俺は魔法を含めた戦闘技術の実技を中心に履修する実戦科を選んだ。

ユアは魔法科を選択したようだ。

あいつの場合は近接戦闘科の方がいいと思うんだがな。

魔法はすでに十分。さらに接近戦もできるようになれば、相当な実力を持てるはずなのに。

まあ、こういうのは自分で気づくのが一番だ。

もっとも、この学園のレベルだと学ぶものがないから、選んでも無意味かもしれないけどな。

2

「はーい。じゃあ、みんな木剣を構えてね」

ヒューリアンが第三演習場のど真ん中で言った。彼が実戦科の授業を担当しているらしい。

俺は事前に配られた木剣を正眼《せいがん》に構える。

「それじゃ、適当に周りの人と打ち合って。一撃でも誰かの攻撃を受けた人は演習場から出ていってね」

バトルロイヤル形式か。

それにしても雑な教え方だな。普段からこんな授業なんだろうけど、俺でももう少しマシに教えられるぞ。

周りからはカンカンと木剣同士が打ち合う音が聞こえはじめた。

「でぇや！」

俺の背後から気合の声が響く。

さっきから存在感を消していた俺に、剣を向けるやつが現れたようだ。

振り向かずに二、三歩前に歩く。

すると後ろから「うおっとっと！」と慌てる声がした。標的を失って剣が空振りに終わったのだ。

俺は振り返って、一撃入れようとした猿っぽい顔の生徒の肩に木剣を当てる。

本気を出すと肩が砕けかねないので、あくまで優しく打つ。

「チッ。参った」

うわ、舌打ちされた。

でもそれ以上突っかかってくることはなく、そいつは大人しく演習場を出て行った。

それからも何度か俺に攻撃を加えようとするやつがいたが、避けては一発入れるだけの簡単な作業の繰り返しだった。

だんだん演習場にいる人間が少なくなってきた。

そろそろ俺も出るか。目立ちたくないし。最後まで残ってたら確実に注目されるもんな。

黙って演習場の扉まで歩いていくと、ヒューリアンから声をかけられた。

「待って。君、誰かに攻撃された？」

「ああ、腹に打撃があったよ」

「そうかい」

嘘だけどね。

ヒューリアンは俺の嘘に気づいてないのか、それとも興味を失ったのか、あっさり納得して、別の生徒の監視をはじめた。

演習場を出る際、ふと背後から視線を感じた。

まだ顔を合わせたことのないやつが見ているのか。気になって振り返ってみたが、結局誰なのか分からずじまいだった。

しかし、授業時間が終わって、あっさりその視線の主が分かった。


「おい、平民。ついてこい」

短く切られた赤髪の目つきが悪い少年が、横柄《おうへい》な態度で俺を呼んだ。

赤髪少年の後ろには腰巾着《こしぎんちゃく》のようなやつらが控《ひか》えている。その中の一人は、さっきの授業で俺が肩に一撃打ち込んだやつだ。

断っても面倒事になりそうだし、俺は了承の返事をした。

腰巾着によって逃げられないように囲まれた状態で、赤髪の少年の後をついて歩く。

いやまあ、簡単に逃げられるんだけどね。


「ここでいいか」

連れてこられたのは、校舎の裏にあるちょっとした森だった。木々や雑草が生い茂っているので外からは完全に死角になっていて、誰かに見られることはないだろう。

「さっきボシから聞いたが……平民、あまり調子に乗るなよ？　それがこの学校でお前らが生き残るための知恵だ」

赤髪の少年が俺の襟を掴んで凄《すご》んだ。

そのまま俺は突き飛ばされて、背中を木にぶつける。

「貴族に手を出したらどうなるかくらい分かっているだろう？　お前の家なんて簡単に潰せるぞ？」

少年がたいして怖くもない目で俺を睨む。

「あっそ。お好きにどうぞ」

「チッ。だから言っているだろうが。あまり調子に乗るな、と！」

腹に一発もらった。

全然重たくない拳だな。それこそ、蚊《か》に刺されるレベルだぞ。手加減でもしてるんじゃないか？

「もう一回やられたくなければ、大人しくしていることだな」

そう言って赤髪の少年は颯爽《さっそう》と歩き去り、腰巾着の数人は彼についていった。

俺が一撃食らわせたやつを含む三人はまだこの場に残って、ゲスのような笑みを浮かべている。

「デルデアス様は優しいなぁ、相変わらず。でも、俺は違うぜ？　ぐしし」

さっきの赤髪はデルデアスっていうのか。

「よぉ、平民。俺はボシっていうんだ」

「授業中に俺の後ろから剣を振ってきたやつだろ？」

「ああ……結局はやられちまったけど、なッ！」

ボシ。猿っぽい顔のやつがまた俺の腹を殴ってきた。

実害なさそうだし、このままやらせてやるか。

「ぐしし……もうこの辺で許してやるよ……」

肩で息をしている猿顔のボシ。正直言って、痛いと感じたパンチは一度もなかった。

殴られた俺の腹じゃなくて、逆にボシの手が赤く腫れ上がっているくらいだ。

「ああ、そろそろ授業だから、終わりにしとけ」

「生意気なやつだな……まだ懲《こ》りてねぇのか……？」

再度殴ろうと構えるボシ。

目立ちたくないからやり返さないだけなんだけど……いっそ、逆に目立ちまくってユアを動きやすくするっていうプランに変更して、こいつら全員殴り倒してやろうかな。

——と、思っていると、ボシの後ろにいるやつが冷静に言った。

「マジでそろそろ授業が始まっちまうぞ。続きはまた今度にして、早く行こうぜ」

「チッ……しょうがねぇな。おい、平民。ここには貴族の学校だ。立場を弁《わきま》えろよ。あまり調子に乗っていると、もっと痛ェ《いて》目にあってもらうことになるからな？」

それだけ言うと、ボシはデルデアスと同じ方向に歩いていった。

俺も少し間を空けて後を追って、次の授業の場所を目指すことにした。

◆

「……迷った」

やつらと同じ道を歩けばいいだけのはずなのだが、予想以上に複雑な森だったようだ。

この学園の大きさを舐《な》めていた。

もう鐘が鳴ったのに……面倒くせえな。

これからどうしようか考えていると、後ろからガサガサと草木が擦《こす》れる音がした。

振り返ると、木々と見間違えてしまうほどの鮮やかな緑色の髪をした少女がいた。見た目は幼いが、制服を着ているところをみると、学園の生徒のようだ。

「……誰？」

少女は俺に眠そうな目を向けて、出し抜けにぽつりと呟いた。

「いや、それはこっちのセリフな」

「私……シニャ・フィルド……」

「俺はヒスイだ」

「……家名は？」

苗字を名乗らないことに違和感を覚えたのだろう。

この王国では、苗字がない連中は平民と決まっている。緑色の髪をしている少女――シニャも「フィルド」という家名が付いているので、間違いなく貴族だ。

「家名はない」

「……そう。授業、いいの？」

「ん、なんつーか、道に迷った」

「……ついてきて」

シニャは態度を変えずに手招きした。

平民を差別しないのだな。珍しい。

貴族になったばかりで、元は平民の一族なのだろうか。まあ、あまり深く関わる必要はない。

どうやら道案内してくれるようだし、下手に質問して機嫌を悪くされても面倒だからな。

俺が頷いて了承を示すと、シニャの方も「……うん」と言って、歩き出した。

「……」

「……」

会話はない。

シニャはあまり喋らないタイプみたいだ。あるいは眠たいだけなのかもしれない。

目を見ても眠たそうに半開きだ。

「……着いた」

「お——ん？」

シニャがようやく口を開いた。それは俺にとって嬉しい知らせとなるはずだったのだが。

俺が連れてこられたのは、木漏《こも》れ日が綺麗《きれい》に照らす森の中の廃屋《はいおく》だった。

建物は生い茂る木の根や草などに蝕《むしば》まれて、見事なまでに周囲に溶け込んでいる。

なかなか神秘的な光景だ。

「ここ、どこ？」

俺は当然の疑問を口にする。

「……研究室」

「誰の？」

「……私の」

「なんで俺をここに連れてきた？」

「……魔力が多そうだったから。いい『実験材料』……」

ハメられた……。そういえばシニャは「ついてきて」とは言ったが、森の外へ連れて行くとは言ってないな。

しかも、けっこう歩いたぞ。森の奥にまで来たんじゃなかろうか。

可愛い顔して、なかなかやりやがる。

「……行こ」

「いや、俺は授業があるから無理だ」

「……授業は出なくても大差ない。成績は月一のテストで全て決まる……」

こんな森の奥で、どんな研究をしているのか。そして、俺の魔力を測れるだけの力を持つ小さな彼女に興味が湧いてきた。

彼女の言う通りなら、ほんの少しくらい授業をサボってもよさそうだ。ヒューリアンには、ボシやデルデアスにボコられたって言えば見逃してくれるだろう。

「しゃーねーな。少しだけだぞ」

「……わーい」

あまり表情を変えずにシニャが喜んだ。口ぶりはともかく、眠たそうな目には変化が一切ない。それでもどこか愛嬌《あいきょう》のある彼女とともに、廃屋に入った。

シニャの研究室は外から見ると廃屋同然だが、中は予想外に清潔だった。考えてみれば、外見も草木と絡み合っているだけで、建物自体は割と綺麗か。

室内には木の椅子が三つ、大きなテーブルが部屋の中心に一つ、他には複雑な文字が書かれた資料のような紙がそこかしこに散らばっている。

シニャは迷わず奥の椅子に座った。定位置なのだろうか。

俺はシニャと向かい合う、玄関に近い位置の椅子に座る。

「……魔法についてどれくらい知ってる？」

——魔法。

唐突なシニャの質問を受け、俺は一旦頭の中で情報を整理する。

元々は単一魔法の火・水・土・風の四つの属性しかなかった。

しかし、人が進化するにつれて魔法の種類も増えている。例えば爆・氷・雷・聖などだ。

各魔法の強さは下位＜中位＜上位＜王位＜神位の順に強くなる。

下位を一つ覚えるには一年ほどの月日が必要とされ、中位は三年ほどが平均だ。

上位は一般の者であれば五年の年月をかけて到達できる他、知性のある高等の魔物が使うこともある。

王位を身につけるには多大な年月を費やさなければならない。それこそ十年や二十年は必要だ。

その者の保有魔力や才能次第で一生に一つしか覚えられない場合もある。

よって、習得する王位魔法の選択に、一ヵ月以上時間をかけて熟考する者もいるほどだ。

だが最近になって、単一魔法の王位を習得するよりも、混合魔法を習得した方が効率的だという考え方が有力になってきた。

混合魔法とは、単一魔法同士の合成により威力と範囲を格段に上昇させるものだ。場合によっては、単一魔法の上位よりも、混合魔法の中位の方が強いこともある。

つまり、組み合わせ次第では比較的短期間で単一魔法の王位に匹敵する魔法を四、五個習得できることになる。

もちろん、混合魔法の元となる単一魔法を二つ以上保有している必要があるため、文字通り「才能」が必要なのだが……

「……基礎は知ってるのね」

「――!? 待て、俺は何も言ってないぞ？」

「……言わなくても分かる」

なるほど、俺の視線や思考時間を考慮すれば――いや、無理だろ。人の考えていることを読みとる魔法なんて未知の技術じゃないか。まさかこのシニャも、昔の俺と同じように世間に認知されていない魔法を持っているのか？

「……冗談。本当は勘」

「だろうな……」

真顔で言うから、つい本気にしてしまった。シニャが冗談を言うなんて想像すらできていなかった。

「失礼な。冗談くらい言う」

「……お前、絶対に人の考えを読む魔法を持っているだろ？」

「これも冗談」

心なしか、シニャの表情が楽しそうに見える。

本当に心を読み取る魔法を持っていそうで不安だが、さすがに混乱してきたので、とりあえず冗談ってことにしておこう。

「……それよりも。魔法、何使えるの？」

このままでは会話が進まないと考えたのか、シニャが話題を変えてきた。「実験材料」と呼ばれた瞬間から、ある程度予想していた質問だったが。

「闇魔法」

「……え?」

「闇魔法だよ。最近になって魔法学会が発表したはずだ」

「……ヒスイって、あのヒスイ……?」

シニャは予想以上の反応を示した。

眠たそうだった目を見開き、俺の姿を脳裏に焼きつけようとしているかのようだ。

「どのヒスイかは知らないが、闇魔法を使うヒスイは俺しかいないと思うぞ」

「お会いできて光栄!」

シニャは目を輝かせながら、机から身を乗り出して俺の手を握ってきた。

「ずっと会いたかった! けど研究があったから会いに行けなかった!」

「そ、そうか」

「もしも差し支《つか》えないなら、闇魔法を見せてほしい!」

冷静で大人しそうなキャラから一転、シニャはまるで子供のようにはしゃいでいる。ある意味、容姿相応とも言える。

素直にシニャに闇魔法を見せてやることにした。なるべく簡単で、危なくないやつを。

「じゃあ……闇玉《ダルフ》」

よく見えるようにシニャの顔に近づけた手の平から、黒色の玉がふわりと浮かび上がる。

「すごい、すごい！　触《さわ》っても大丈夫？」

「ああ、別にいいぞ」

シニャは人差し指でなぞるように球体に触れた。

「柔らかい……」

「そうなるように魔力を練ったからな」

「形状を変えたり、他の働きをさせたりもできる？」

「色や形はこのままだが、練り方によっては爆発させたり速く動かしたりできるぞ」

闇魔法に限らず、魔力の練り方次第で様々な作用を起こせるのは、魔法界では常識だ。

しかしシニャはさも目新しそうに闇玉《ダルフ》を揉んだり撫でたりしている。

「ほおー……他にもある？　もっとすごいやつ！」

「あるにはあるが……」

「見せてほしい！」

俺の全保有魔力は並の人間とは比較にならないが、闇魔法は魔力の消費量が桁違いに多いから、一気に魔法を発動するのは辛いんだよな。

でも、シニャの期待と好奇心に満ちた瞳を前にすると、俺はつい首を縦に振ってしまった。

「少しだけだぞ。闇魔法は魔力の消費がすごいんだよ」

「確かに。闇玉《ダルフ》だけで上位単一魔法級の魔力が減っている」

「……ああ、そうだな」

この少女は……俺の残り保有魔法量から、闇玉《ダルフ》がどれだけの魔力を使ったか判断したのか。

いや、そもそも他人の魔力を見るためには相当の〝目〟が必要なはずだ。長年の鍛錬《たんれん》か、天賦《てんぷ》の才を持っていないと……。

外見は幼く見える少女だが、かなりの領域にまで達している……それこそ、茶髪の女教師メシャフ並みに、王位クラスの実力を持っていても不思議ではない。

理事長のセスティアといい、小さな少女は全員化け物並みの実力を持っているのか、この学園は？　あちこちいい加減だけど、変なところですごいな。

「早く別の魔法も見せてほしい！」

シニャは俺の袖《そで》を引っ張って急《せ》かす。

「分かったよ。次はどんな魔法がいい？」

「最初は軽めでいい！　闇玉《ダルフ》のような感じでお願いする！」

闇玉《ダルフ》は確かに闇魔法の中では軽めだが……「最初は」って。魔力が枯渇《こかつ》するまで付き合わされるんじゃないだろうか。

「そうか、軽めか……。じゃあこんな魔法なんてどうだ――」

結局その日は陽が暮れるまでシニャの研究室に篭《こも》ってしまった。

案の定、俺の魔力はすごく減ってしまった。もしも陽が暮れていることに気がつかなければ、本当に魔力が底をついてしまうところだった。

まあ、数時間で回復してくれるからいいんだけどさ。

しかし、なかなかに鬼畜というか、すごい少女だった。

シニャに森の外まで案内してもらった俺は、そのまま学校を出て一人大通りを歩く。

昼間は露店などが開かれて賑《にぎ》やかな通りだが、夕方のこの時間帯は人通りが少なく静まりかえっている。もう少し夜が更《ふ》けると飲み屋から出てきた酔っ払いで騒がしくなる。

そんな中、背後によく知った者の気配を感じた。

「授業にも出ないで、今まで何をしていらっしゃったのですか、Sランクの冒険者様は？」

ふくれっ面《つら》のユアだ。

「それはお前に関係あるのか？　だいたい、待ち伏せまでしているなんて――」

「あ、ありますよ！　今日の報告です！」

「いらねーよ。どうせ収穫なしだろ」

「ど、どうして分かったんですか!?」

ユアが驚愕の声をあげた。耳と尻尾がピーンっと立っている。

図星だったらしい。

「分かったも何も、ギルティアスのメンバーが初日で見つかるほど間抜けなら、俺たちに依頼なんてこないだろ」

「で、でも、少しは収穫があったかもしれないじゃないですか！」

「そうだな。その可能性は否定しない。だがお前にそこまで期待していない」

「そ、そんな……」

ユアはしょぼーんと、うなだれてしまった。正直に言いすぎただろうか。

「まぁ、初日は、ってことだよ。お前は戦闘系の魔法ばっかり覚えていて、探索系はからっきしだからな。捜査が苦手なのは仕方ない」

「ほぇぇ……私なんかにできるでしょうか……」

「できなきゃリゴリアも任せないだろ。今回は直々の指名だからな」

「それでも不安です……」

すっかり落ち込んで、後ろ向きな言葉ばかりのユア。

俺と同い年でAランクってだけでも十分すごいだろ。

ちょっと見ただけだが、あの学園の連中でユアに勝てるやつなんてほとんどいそうにない。たとえ教師が相手でも、ユアなら同等以上に渡り合えるはずだ。

——なんて言っても、今のユアには逆効果だろう。

なら別の方法で試すか。

「Sランクの冒険者になるって意気込んでるやつが、こんなことで挫《くじ》けてどうするよ。お前はこの程度の依頼も受けたことがないのか？」

「い、いえ！　もっともっと難しい依頼もこなしたことがありますよ！　でも……魔物討伐が多かったですから、こういうのは初めてで……人を殺してしまわないか心配なんです」

ああ、なるほどね。ユアは人を殺すのが怖いのか。

確かに、ユアほどの力があれば人の命なんて簡単に散らすことができるだろう。相手は無抵抗とは限らない。上手く力を制御できなければ、戦いの中でつい殺してしまうかもしれない。だったら……

「俺が初めて人を殺した時、何も感じなかったよ」

「……え？」

「相手も俺を殺そうとしてたからな。俺もあいつも死ぬ覚悟はしていた」

「どういう……」

「それ以来、人を殺しても何も感じない。麻痺《まひ》したのか、俺が元から冷めた人間なのかは分からないけどな」

「あ……え……？」

「だからさ、もしもギルティアスのメンバーを殺さなければいけない状況になったら、俺がやる。

お前が人を殺す罪を恐れているのなら、俺がすべてを被《かぶ》ってやるよ」

「……ッ」

ユアは目に涙を浮かべ、唇《くちびる》を噛《か》み締めながら俺を睨んだ。

同情は嫌いなのか、見下すように言われたのが嫌だったのか、俺には分からない。

しかし、伝えるべきことは伝えた。これ以上迷っているようであれば依頼に支障が出てしまうし、ユア自身に害が及ぶ可能性だってあるのだ。

多少嫌な思いをさせても、後々ユアが救われるのであればそれでいい。

「……ちが……たしは……」

うまく言葉をまとめられない様子のユアをまっすぐ見て、俺はただ黙って佇《たたず》んでいた。

ユアが俺に伝えたいこと、俺にぶつけたいものを待つ。

だって、それがギルドの――家族としての役割だと思うから。

しばらく経って、ユアが口を開いた。

「依頼は……捕縛です……ヒスイさんが殺さなくても……いいんです……」

ユアがようやく捻り出した言葉をがこれだった。

まったく。殺す云々はお前が言い出したっていうのに――俺は思わず噴き出してしまった。

「ああ、そうだな。一緒に頑張ってギルティアスのメンバーを捕まえるぞ」

捕縛。それでいいのだ。殺す必要はない。

「はい！」

ユアは嬉しそうに笑った。

夜なのに、銀色に輝く綺麗な花が咲いたような、そんな笑顔だった。

◆

「もっと……いで……」

シニャが小さな声で俺に懇願した。

「これくらいでいいか？」

「まだ足りない……」

「これでどうだ？」

「……んっ、強すぎ」

「す、すまん」

俺は反射的に透明な水晶から手を離した。

しかし、シニャの小さな手が俺の手を掴み、元の場所に戻す。

「大丈夫。この水晶は頑丈。簡単には壊れない」

「そ、そうか」

シニャが俺の目をまじまじと覗き込む。

俺とシニャは、例の研究室で実験をしていた。といっても、俺は内容を説明されないまま、ただシニャに言われた通りにしているだけだ。

俺は再び大人の頭くらいの大きさがある水晶に魔力を注ぎはじめる。

「やっぱりすごい。王位クラスの魔力を五回分消費したはずなのに、全然減りそうにない」

「まぁ、闇魔法を使うよりはマシだな」

「だとすると、闇魔法の消費量は尋常《じんじょう》じゃない。もしも闇魔法の才能がある人がいても、ヒスイのようには扱えない」

「そりゃどーも」

俺が魔力を注いでいる水晶を見ながら、シニャが称賛の言葉を口にする。

しかし、表情を一切変えないからあまり褒められている気がしない。せめてユアみたいに耳や尻尾の動きがあれば分かりやすいんだけど……

シニャに猫の耳や尻尾をつけたら意外と可愛《かわい》いかも――なんて考えていると、シニャが思い出したように声をかけてきた。

「ヒスイ……授業、大丈夫？」

「ああ、別にいいよ。どうせ受けてもつまらないし」

「同意。家の指示がなければ、こんな無意味なところには来ない」

授業は今日もサボった。これでもう十日連続だ。

このところ俺はシニャの研究室に入り浸《びた》っている。会話は少ないし、わけの分からない作業を手伝わされるが、面倒なやつらと授業を受けるよりはマシだ。

シニャも同じ考えらしく、何度も首を縦に振って同意を示している。

「今更だけど、月一回のテストってどんな内容なんだ？」

我ながら本当に今更な質問だと思うが、授業に出ないで学園生活を続けるためには必要な情報だ。

シニャは特に気にした様子もなく、淡々と答える。

「不明。月によって変わる。筆記、遠征、教師との模擬戦」

「そうなのか。ちなみに、不合格になった場合はどうなる？」

「追試、再遠征、再模擬戦、このどれかをさせられる。三回まで不合格を許され、四回目は退学」

「四回目は絶対に退学なのか？」

「退学。特例は今までなかったはず」

それは厳しいな。でも、三回もチャンスを与えられてもダメなら自業自得《じごうじとく》か。才能がある者以外は淘汰される世界、か。

「ただし……貴族の子供は三回目で絶対に受かる」

シニャはどうでもよさそうに言った。

なるほど。才能以外にも金が物を言うのか。

いや、ていうか……

「お前、やっぱり俺の考え読んでるんじゃねーか？」

「無理。けど、少し動きを見れば分かる」

「本当かどうか、俺には判断できねーな」

「それで構わない」

軽い冗談を交え、少し考えた。

俺がこの十日間見ていた限り、シニャはずっと研究室にこもっている。授業を受ける必要がなさそうな実力の片鱗《へんりん》は感じるが、本当にずっと合格を取り続けることは可能なのだろうか。あるいはシニャも金を使ってテストの合格を取っているのか。

「私は普通に合格している。座学も筆記も」

「……そうか」

「どうして離れる？　水晶に魔力を注ぎ続けてもらわないと困る」

「いや……まぁ、な」

どれくらいの距離なら考えを読まれないか試そうと思ったわけではないが、つい反射的に動いてしまった。

「安心して。どれだけ近くても人の心は見られない」

……諦めよう。もう何も言うまい。

誰にでも知られたくない秘密はあるものだ。

おとなしく水晶に手をつけて魔力の注入を再開する。

「なぁ、この水晶ってどれくらいで――」

俺がシニャに問おうとした矢先、水晶がわずかに光りはじめた。

「もう終わり。ありがとう」

「おお、そうか」

シニャは光を放つ水晶を両手で抱えて立ち上がった。

「今から一年生の教室に行くけど、ついてくる？」

「ん、やることないし、別にいいぞ」

「じゃあ、行こう」

両手が塞《ふさ》がっているシニャの代わりに、俺が扉を開けて進路を確保する。

そういえば、初めて一年生の教室に行くな。二年生の教室とどこか違うのだろうか。


「ここ」

シニャが扉をまっすぐ見ながらそう言った。今は水晶を抱えていてできないが、もし両手が空いていたら指差していただろう。

俺は頼まれる前に扉を開けた。

「ありがとう」

この程度で感謝してほしいわけではないが、無表情で視線も合わせずに礼を言われても、ちょっと微妙な気持ちになる。

シニャが先んじて教室に足を踏み入れ、俺はその後に続く。

「誰もいないな」

「当然。今は他の教室で授業中」

皆選択した科目を受けているので、ガラーンと空いた大きな教室。

俺やシニャのようにサボっている不真面目な学生は滅多にいないはずだ。まぁ、仮にいたとしてもわざわざ教室でサボるようなバカはいないだろうがな。

「何やってるんだ？」

教室全体を見回している間に、シニャは教卓の前に移動して水晶を置いていた。

「課題。担任が〝王位クラスの魔力を五回分ほど貯めた水晶を作れば、一年生の間はテスト受けなくても合格にする〟って」

「教師になんのメリットがあって、そんなものを欲しがっているんだよ？」

「水晶を見て」

「ん、分かった」

シニャに言われるままに、俺は水晶に顔を近づけて中を覗き込んだ。

それほど眩しいわけではないが、ジッと見ているとさすがに目が痛くなってきた。だが、これが何かは分かった。

「まさかこれ、マジックアイテムか？　しかも風魔法を呼び出すやつだな」

マジックアイテム――付与された魔力で指示された命令を忠実にこなす魔法道具。

モノによっては、魔法をも凌《しの》ぐ性能を持つと言われている。

「正解。予めこの水晶に設定した魔法を、溜め込んだ魔力分放つことが可能」

「すごいな。これなら一年間のテスト免除は妥当か」

マジックアイテムの値段は様々だ。

下位程度の魔力しか付与されていない物の中には子供でも買える品があるが、この水晶は王位クラス五回分の魔力を溜め込んでいる。となると、貴族でも買うのを躊躇《ちゅうちょ》する値段がついてもおかしくない。

「こんな水晶で、お前らの教師は何をしようとしてるんだよ。まさか売って金にするんじゃないよな？」

「違う。担任は魔法の才がない。だから強力な魔法を放てるマジックアイテムを探していた」

「なるほどな。そんで、お前に作らせようと思い至ったわけか」

「その通り。ヒスイが魔力を莫大《ばくだい》に保有していて助かった」

「そうかい」

正直に言えば、俺にも分け前をよこしてほしい。水晶を作ったのはシニャだが、魔力を供給したのは俺だからな。

依頼には妥当な報酬《ほうしゅう》をもらわないと一流の冒険者とは呼べないのだ。

「ちなみに、手伝った俺に報酬はあるのか？」

「ヒスイの報酬はある。研究室に置いてあるから取りに行こう」

なんだ、ちゃんとあるのか。てっきりシニャは自分だけ楽をしようとしているのかと思ってしまった。どうやら俺の思い過ごしだったみたいだ。

冒険者の世界はいろいろと厳しい地獄だったから、こういう平和な展開には慣れない。

「じゃあ、その報酬とやらを取りに研究室に戻ろうか」

「まだ実験がある。報酬だけじゃなくてそっちもやってもらう」

俺とシニャは話しながら扉の方に向かう。すると、廊下から生徒たちの話し声が聞こえてきた。

授業が終わって戻ってきたのだろうか。

ちょうど俺が扉に手をかけたところで、反対側にいたやつが開けたので、俺はそいつらと顔を合わせることになった。

「あ、クズ」

目の前にいたのは、褐色《かっしょく》の肌に長い黒髪と特徴的な長い耳を持ったダークエルフの少女。確か名前はディティア・アシェルダだったな。

第一声が「クズ」って、よほどメシャフとの戦いが印象的だったらしい。

「誰がクズだ。学年が下なんだから、せめてヒスイって名前で呼べよ」

その言葉で、ディティアの隣にいる黄金色の髪の少女が息を呑んだ。

澄《す》んだ海のような瞳が綺麗なその娘は――

「ヒ、スイ……お兄……さま……？」

「――!? シリア……なのか？」

俺の元家族。シリア・シルベラという名の、一つ年下の妹。

姿は俺の記憶の中にある幼いシリアとは異なるが、確かに彼女だと思わせる面影《おもかげ》がはっきり見て取れた。

そんなシリアが俺を「お兄さま」と呼び、唖然《あぜん》とした顔で見ている。おそらく俺も彼女と同じ表情になっているだろう。

喉《のど》に言葉が詰まって、たった一言も出ない。

「久しぶり」とか「元気にしていたか？」とか、そんなありきたりな言葉すら口にすることができない。

「……ヒスイ？」

「シリアちゃん？」

シニャとディティアの声が重なった。

お互いに見つめ合って黙ってしまった俺たちに、驚いたのだろう。

「……久しぶりだな、シリア」

なんとか一言だけ絞り出した。

肝心のシリアの方は口を小さく動かしているが、どれもこちらに聞こえるほど大きな声ではなく、しかも途切れ途切れだ。

ディティアがすごい剣幕で割って入った。

「ちょっとあんた、シリアちゃんに何をしたのよ!?」

「……いや、俺は何も……」

「うそよ！　シリアちゃん、どう見ても普通じゃない。何もしないでこんなに動揺するわけない！」

「本当に何も――」

「話にならないっ……シリアちゃん、大丈夫？　保健室に行こう。ここにいたらダメだよ！」

ディティアがそう言って、過呼吸になりかけているシリアを連れて行こうとする。

俺はそんな彼女たちを止められない。

このままの状態で顔を合わせていても、良い方向には進展しないだろう。

「ま、待って……おにい……さま……私……」

シリアは必死に言葉を紡《つむ》ごうとするが、ついに気を失ってしまった。

「シリアちゃん!?」

ディティアがシリアを抱きとめて支える。

「ヒスイ。あんたが何をしたか知らないけれど、シリアちゃんがここまで動揺するんだから、相当のことをしたんでしょうね」

「だから違う……俺は本当に何も……」

「黙れ、言い訳なんて聞く気はない。このことは教師に言うからな」

ディティアは俺を射殺すかのように睨んでそう言った。

保健室に向かうのか、シリアを背負ってそのまま廊下の奥に消えてしまった。

俺はその姿を見ていることしかできない。

シリアは何を言いたかったのか、どうしてあそこまで動揺したのか。俺はどう行動すれば良かったのか——今はそれを反省する余裕がない。

「ヒスイ？」

シニャが俺を呼ぶ声が遠く感じる。

「……どうした、シニャ……」

「研究室に行こう。ここにいても人の邪魔になるだけ」

「……ああ」

シニャの温かい手が触れた。

俺はその手に導かれるままに歩いていく。

それから俺は、シニャの研究室でずっとシリアのことを考えていた。

ヒューリアンが俺を呼びに来たのは、しばらく経ってからだった。

俺は理由も分からず職員室に連れてこられた。

周囲は教師で固められている。暴れ出さないか警戒しているのか？

教師陣を代表するようにヒューリアンが一歩前に踏み出して言った。

「やれやれ……まさか僕のクラスからシルベラ家の令嬢に手を出す生徒が出るとは……心が痛むよ。ヒスイ君？」

「手を出した？　どういうことだよ？」

「噂《うわさ》になっているんだよ。シリア・シルベラさんが、ヒスイ君に暴行されて心に大きな傷を負った、と」

ヒューリアンが大げさに頭を押さえた。

どうやら随分歪曲された噂が流れているようだな。

暴行どころか、久しぶりの再会なのに指一本触れることすらかなわなかったんだぞ。

「それは違う。ヒスイは何もしていない」

研究室からついてきていたシニャが俺に代わって反論した。

面倒なことになりそうだったから「来なくていい」と言ったのだが、いつのまにか隣にくっついて来ていた。

「シニャ・フィルドさん……しかし、複数の生徒が証言しているのですよ？」

ヒューリアンは芝居がかった困り顔でかぶりを振った。

「シリア本人がそう言った？」

「……いいえ。シリアさんはまだ目覚めていないので」

「ならヒスイが一方的に悪く言われる筋合いはないはず」

「しかしですね……」

ヒューリアンとシニャの話し合いは不毛な平行線を辿《たど》る。しかしシニャは、自分よりも大きな、大人の教師相手に一歩も退《ひ》かない。

「今はシリアが起きるのを待つべき。事情を聞く程度なら構わない。けど、勝手に判断をされてはヒスイも困るはず」

その一言に狼狽《うろた》えたり考える仕草をしたりする者たちはいた。しかし、結局は誰も言い返すことができなかった。

シニャは俺の方に振り向いて言った。

「ヒスイ、気にしなくていい。私が証人になる」

「……シニャ、すまん。助かるよ」

相変わらず無表情だが、シニャの落ち着き払った瞳を見れば、心の底で眠っていたであろう微かな不安が和《やわ》らいでいく気がした。

コンコン。

ノックの音とともに、職員室の扉が左右に開け放たれた。

「失礼します」

白銀の雪のような髪に、同色のピンとたった猫耳が特徴的な少女が、一礼しながら入室してきた。

「ユアさん、どうしたんですか？」

ヒューリアンが訝《いぶか》しげに振り返る。

「魔法科の授業が終わって、変な噂を聞きつけたので来ました。ヒスイさん、どうしたんですか？」

「ユアさん、部外者の生徒が首を突っ込む話ではないよ。教室に戻っていなさい」

「私はヒスイさんに聞いたんです。ヒューリアン先生は静かにしていてもらえませんか？」

「……そうかい」

ユアが改めて俺を見た。

「どうしたんですか、ヒスイさん」

「……色々あったんだよ」

「それはつまり？」

「安心しろ。個人の話だ」

おそらくユアは依頼のギルティアス関連で何か進展があったと勘違いして来たのだろうから、今回の件はそれとは無関係だと伝える。

これでユアは出ていくだろう。

そう思っていたのだが、予想外の返事が来た。

「はい。それで、何があったんですか？」

「……は？」

「だから、その個人の話っていうのは？」

ユアが真顔で聞いてきた。ふざけている様子はない。

ギルティアスとは関係ない話だと理解できたはずなのに、あえて俺のプライベートにまで突っ込んできている。

「ヒスイ君は一年生のシリアって生徒に暴行をしたんだよ。まったく、面倒なことこの上ない」

答えを渋っている俺に代わって、ヒューリアンが返事をした。

さっき暴行してないって話で終わったはずなのだが、どうやらこの教師は耳が悪いようだ。

「……暴行って？　本当ですか？」

「違う。ヒスイは何もしていない」

眠たげに答えたシニャに、ユアは疑問の視線を向けた。

「あなたは？」

「シニャ。現場にヒスイと一緒にいた」

「なら事情に詳しいですよね。何があったか説明していただけますか？」

「構わない」

本当なら俺が語るべきなのだろうが、勝手に話が進んでいく。

だが今は話す気力が湧かないのでシニャに任せることにした。

「――それで、シリアが倒れた」

「ほえ……なるほど。分かりました」

それにしても、ユアは積極的に絡んでくる。なぜこんなに興味を持っているのか不思議だ。

「分かったのなら出て行ってくれないか。今からヒスイ君の処遇をどうするか話し合わなければいけないんだ」

ヒューリアンは苛立《いらだ》たしげに顔をしかめた。

「処遇？」

「停学か、退学か、場合によっては牢《ろう》に入ってもらうかもしれないね」

「なぜ？　ヒスイさんは何もしていないはずでは？」

「多くの生徒がそう言ってるんだよ」

シニャの言葉を信じているユアと、生徒たちの噂を鵜呑《うの》みにしているヒューリアン――話がまるで噛み合っていない。

またしても無意味な論議が始まるかと思ったその時――

再び扉がノックされる音がした。

扉を開けて入ってきたのは見知らぬ少女だった。

「失礼します。シリアさんが目覚めました」

おそらく保健室の教師に言伝《ことづて》を頼まれたのだろう。

それを聞き、俺を囲んでいた半分くらいの教師たちが保健室に向かった。

残りの半分は俺の監視を続けている。ヒューリアンもその一人だ。

「今なら停学だけで済ませよう。これにサインをしてくれるかな？」

ヒューリアンが一枚の書類を俺に渡してきた。

書類には細かいことがたくさん書いてあったが、要約すると自主停学を認めるということだ。

「退学でも別に構わないんだけどね、君のために停学だけで済ませよう」

「言っている意味が分からないな」

「このままでは退学になってしまう恐れがある。だけど今回は慈悲を与え、停学だけで済ませてあげよう、ということだよ」

間接的に「停学を認めないのなら退学だ」と言っているようなものか。

シリアが俺の暴行を訴えたとしたら、悪くない選択だ。当然そんなことは起こっていない。だから俺は、ヒューリアンの目の前で紙を破り捨てた。

「いい加減にしろよ。俺は何もしていない。シニャの話を聞いてなかったのか？」

「——ははっ」

ヒューリアンが浮かべる笑みに、一瞬だけゲスのような顔が垣間《かいま》見えた。本当に一瞬だけだ。多分、瞬《まばた》きしていたら気づくことすらできなかったはずだ。

「まあそれでもいいよ。噂が間違っていることだってあるからね。ヒスイ君がそこまで言うなら、多分それが真実なんだろう」

さっきまでの姿勢から一転、あっさりと認めたヒューリアン。

「それじゃ、シリアに会いに行っていいか？」

「ダメだよ。まだ君がシリアさんに何もしていないという確証がない」

ヒューリアンが首を横に振ると、ユアがすかさず手を上げた。

「それなら、私が会いに行ってもいいですか？」

「私も行く」

「ユアさん、シニャさん……分かりました。あなたたちなら構いませんよ」

二人は許可を得ると、一礼して保健室に向かった。

おそらく後で俺に報告してくれるつもりだろう。もし俺のためではなかったとしても、後で状況を聞きたいので、彼女たちの行動は助かる。

「さて、俺はどうしたらいい？」

「しばらくここにいてくれると助かるよ。逃げ出されても困るからね」

逃げるつもりはないのだが……

教師には教師の事情があるということだな。しばらくは大人しく彼らの言う通りにしよう。

「邪魔するのじゃー」

重々しい空気の中、突然ノックもせずに一人の幼女が入ってきた。

賢者セスティアこと、この学園の理事長だ。

「り、理事長？」

ヒューリアンが驚きの声を上げる。

「事情はすでに見たのじゃ。とりあえずヒスイは預かっておくのじゃ」

「し、しかしヒスイ君は」

「ヒューリアンよ、妾の言葉に不信を抱くのか？」

突然現れたセスティアに、誰もが動けずにいた。反論をしたのはヒューリアンのみ。

「……いえ、理事長であれば安心です」

「そうか。ではヒスイよ、一緒に来るのじゃ」

「分かった」

俺は言われるままセスティアについて職員室を出た。

「さて、さっそくやらかしたようじゃの」

理事長室。

俺はソファーに腰を下ろし、セスティアは立って窓の外を見ていた。

「チッ――この学園は面倒なやつしかいないのかよ」

「仕方ないじゃろう。お主も覚悟の上で依頼を受けたんじゃろ?」

「シリアに会うなんて、さすがに予想外だったんだよ」

セスティアは学園の風景を眺《なが》めたまま、しばし沈黙した。

「……これを言うとお主は怒るかもしれんが、実はリゴリアはこのことを予想しておった」

「は……?」

ギルド総帥であるリゴリアが、俺が妹と再会することを予想していた?

それはつまり、今の家族であるやつが意図的に元家族と再会させたってことか?

「お主はギルドに多大な貢献をした。時にギルドに入りたての新人を攫《さら》った盗賊団を壊滅させたり、溜まってしまった瑣末《さまつ》な依頼を一ヵ月かけて全て依頼完了したりの」

「つまり……何が言いたい?」

勿体《もったい》ぶった言い方をするセスティアに、俺は若干の苛立ちを覚えていた。

それを知ってか知らずか、セスティアはゆっくりと冷静に振り向いて言った。

「リゴリアはお主に恩を返したかったのじゃ。Sランクの冒険者という肩書きだけではなく、家族としての恩を」

「分かんねえよ。何を言っているんだ……」

俺への恩返しが、シリアと再会させること？

日頃から脳筋のバカだと思っていたが、どうやらリゴリアは本当にイカレているようだな。

こんな形で恩返しだなんて、理解できねえよ。

「ともかく。お主はシリアと会って話し合え。久しぶりの再会を泣いて喜ぶべきなのじゃ」

「俺もそうしたいさ。あいつとはもう十年近く会ってなかった……けど、あの様子だと、また会っても……」

俺は言いかけて、それっきり言葉を失ってしまった。頭の中で考えがまとまらず、何を口にするべきか分からない。

それでもセスティアは何か察したのか、軽く頷いた。

「時間が必要じゃな。シリアにとっても唐突なことだったのじゃ、仕方ないであろう」

結論は出た。シリアの件はこれでいいだろう。

俺とセスティアの間に沈黙が流れる中、ふと、気になることを思い出した。

「そういえば依頼はどうなんだよ。リゴリアが俺とシリアを再会させるために仕組んだのなら、そもそも学園にギルティアスの人間はいないのか？」

「いいや。ギルティアスの人間は確実におる。この学園を出て、ギルティアスの組織に堕《お》ちた生徒の数がそれを証明しておるでな」

「……そうか」

あまり依頼をないがしろにしたくないが、正直に言えば放棄したい。シリアの一件でますますやる気を失ってしまった。こんな状態ではさすがに依頼をこなせる自信がない。

「今日は家に帰って休めばいいと思うのじゃ。心にある障害を片付けるために必要なのも、また時間じゃろう」

「すまん……助かる」

「面倒な処理は妾がやろう」

「頼んだ」

俺はそのまま理事長室を出て家に帰った。

家族なんていない、孤独で寂しく、暗い、俺の居場所に。

◆

翌朝。

完璧に考えがまとまったわけじゃないが、それでも納得できるところまできた。

おかげで深刻な寝不足なのは言うまでもない。瞼《まぶた》を十秒以上閉じることができなかった。

「あ、おはようございます～」

校門を通り抜けた時に声をかけられた。

いつも通りの笑みを浮かべながら、メシャフが俺に向かって手を振っている。

俺は挨拶をしながら彼女に歩み寄った。

「おはよう」

「昨日は災難でしたね～。あたしは三年のテストでいませんでしたが、事情は聞きましたよぉ～」

「……それを言うためだけに俺を呼び止めたのか？」

「怒らないでくださいよ～。労《ねぎら》っただけじゃないですか～」

俺の苛立ちを感じたのか、メシャフが一歩下がった。

メシャフの間延びした声は、どうもからかわれているように聞こえる。

学園入試の時に、俺がメシャフを殺しかけてもこの話し方は変わらなかったからな。ある意味メシャフを尊敬できる。

「本題です～。ヒスイさんはこれからどうするつもりですか～？」

「どうするって、俺はシニャの研究を手伝うだけだが？」

昨日は色々なことが起こりすぎて、約束の報酬をもらい忘れた。今日こそはシニャから受け取らねば、水晶の魔力がタダ働きになってしまう。

「シリアさんの件はどうするのですか～？」

「ああ、そのことか」

どうもメシャフはかなり込み入ったところまで知っている様子だ。シリアは教師たちにある程度事情を話したのかもしれないな。

「しばらく距離を置こうと思う。昨日セスティアと話して、心の準備ができるまでに必要なものは時間だって分かったからな」

「……おお～。分かりました～。まあ、どちらにせよ今日はシリアさんに会えませんでしたけどね～」

「ん、どういうことだ？」

「彼女も同じことを言ったのですよ～。〝心の準備ができるまで待ってください〟とね～」

「そうか……」

シリアも俺と同じ考えだと思うと、嬉しくて心が躍るような感覚を抱く。

「ふふっ。では～、私はこれでさようならです～」

「じゃあな」

メシャフは歩きながら、俺の方を振り向いて行った。

「今日は二年生のテストですね～。頑張ってくださ～い、シスコンさん～」

「誰がシスコンだっ！」

普段なら許しがたいが、今はあまり気せずに流せる。メシャフはそこまで予想して俺をバカにしたのだろうか。

それよりも、いよいよテストか。実戦科のテストってどんな感じなのだろう。

そういえば、シニャは筆記や実戦など、様々な方法でテストをするって言っていたな。

俺はそんなことを考えながら校舎に向かった。


今回のテストは遠征だった。

目的地は雫《しずく》の丘。ちらほら木が見える以外は何もない殺風景《さっぷうけい》な場所だ。

ただし、数多《あまた》の魔物が巣食っているわけだが。

「はぁっ！」

目の前から迫る、猿に似たCランクの魔物——ゴキュの胴体を横に蹴《け》とばす。

ゴキュは呆気なく口から血飛沫《ちしぶき》を上げながら地面に倒れ伏した。

「氷床《フォリー》」

ユアが氷の絶対領域を作って、ゴキュ三体を凍らせて絶命させた。

安全を確保したユアは、俺をチラっと見てドヤ顔をした。

「三対一……数は私の勝ちですね！」

「今は実戦中だからよそ見するな」

「ふふっ、この氷床《フォリー》の中に入って来られるものは一切ないので大丈夫ですよ！」

「慢心は禁物だぞ？」

「いいんです！　せっかく各科の合同遠征テストなんですから、ヒスイさんに勝たなくちゃ！」

顔の前で両手をグーにして気合を入れるユア。

合同遠征――本来なら履修内容にあわせて各科は別々にテストを受けるのだが、今回は特例らしい。

実戦科、近接科などは最前線での戦闘を担当し、中衛を騎士科が担《にな》う。治癒科、魔法科などは後衛だ。

それぞれの科が、各々《おのおの》の力を振るえる場所で評価される。

「俺に勝ちたいんだったらもっと集中しておけ」

俺の不意をつくように、背後から五体のゴキュが飛びかかってきた。

俺は一度身を翻《ひるがえ》し、回転してまたユアを見た。

「じゃなければ、簡単に負けるぞ？」

後ろにあった五体の気配は撒き散らされた鮮血とともに消失した。

さっきの一体をあわせて六体。これでユアが殺した数の二倍になったな。

「ほえ!?　速すぎですよー！」

「なら俺よりももっと速く殺せばいいんだよ」

「むぅー！　頑張ります！」

ユアはゴキュを狩りに走っていった。

さすがに他生徒の獲物を横取りはしないが、それでも本気を出したユアの狩りの勢いによって一気にゴキュが少なくなっている。

あいつ、魔物を殺すことに慣れすぎだろ。

人を殺すことにもこれくらい抵抗がなければいいんだが。いや、一概にいいと言えるかは分からないけどな。

しかしまぁ、これで俺が狩らなくてもゴキュの数が減ったから、狙い通りだ。

少しはのんびりできそうだ。

今日は日射しがいいから横になって寝ようかな、などと思っていると――

「おい、平民」

十人くらいの一団がこちらに歩いてきた。腰巾着を引き連れたデルデアスだ。

「ん、お前は、デルデアスだっけか？」

「分《ぶ》を弁えろ。様をつけて敬語を使え」

不機嫌そうに俺の方を見て、デルデアスがそう言った。

「分かったから。なんの用だよ」

「チッ。教養のない下流は……これだから見下されるのだ」

デルデアスは露骨に顔をしかめている。

そんなに嫌なら関わらなければいいのに。俺もできるだけ目を合わせないようにするからさ。

「いいか。前も言ったがあまり目立つなよ？　お前みたいなのは、そうやって隅で小さくなってるのがお似合いだ」

デルデアスは再三再四の忠告だか嫌味だかを俺によこした。

俺を見下ろす目にはなぜかあまり敵意を感じない。

「わーったよ。元からそのつもりだ」

「ふん。それならいいのだ。俺はもう行く」

デルデアスはそう言い残すと、腰巾着たちを連れて魔物狩りに向かった。

なんというか……鼻持ちならない貴族を地で行くような、すごいやつだな。

だが、ふとデルデアスが向かう場所を見れば、他人の邪魔をせず、しかしちゃんと手助けできるような絶妙な場所で狩りをしていた。

そういえば、前はデルデアスの後に腰巾着の一人に絡まれたっけか。確か名前はボシ。

あいつ、顔が猿に似ていたからゴキュに間違われて殺されてなきゃいいが……と、思っていたら――

「ぐしし……平民……」

薄気味悪い笑みを浮かべて残っていやがった。

しかし、やつは前とは比べものにならないくらいに瘦《や》せこけていて、もはや笑っているのかどうかすら分からない。

「どうした、何かあったのか？」

さすがの俺も無視できず、何事かと聞いてしまった。

「いやなに、お前も大変だなぁって思ってよぉ……ぐしし」

「はぁ？　なんのことだよ」

「ぐしし。そのうち分かるさ。あの方に狙われたんだからな……」

「あの方？　デルデアスのことか？」

「言っただろ。そのうち分かるさ……ぐしし」

顔に翳《かげ》を作って笑うボシ。

こいつ、まじで大丈夫か？　吐き気を催《もよお》すレベルで気色悪いぞ。

「ぐしし。さてと、俺もデルデアスについていかないといけないんでね。じゃあな」

「お、おう。あばよ」

最後までわけが分からんやつだったな。

この前はデルデアスのことを〝様〟付けで呼んでたのに、どういう心境の変化だ？

進化したのか退化したのか、まじで分からん。でも確実なのは、あいつからすごく嫌な感じがしたということだ。

「ん？」

心の中でボシにはあまり近づくまいと決意した時、まるで蛇のように絡みつく視線を背後に感じた。

だが、振り向いても生徒や教師が多すぎて視線の主を特定できなかった。

なんだろう。

今回の遠征はすごく嫌な予感がするな。


――始まりは唐突だった。

「なんだよ、あれ？」

一人の生徒が発した言葉。

何気ない会話の中の一言のように思える。しかし、彼が指差した方向には異様な光景が広がっていた。

「「「ウッキャアアア!!」」」

一方的な狩りをしていいはずの生徒たちが一転、千を超すであろうゴキュの大群に狩られる側になっていた。

ゴキュはよだれを垂れ流し、狂乱の顔で迫っていた。

「な、何よ、あれ！」

「おかしいだろ！」

驚愕の表情を浮かべる生徒たちの心を無類の恐怖が襲った。

それは、万が一の事態に備えていたはずの教師たちも同様であった。

「な、なんで……」

生徒を守護するべき立場の者が、足を地面に縫《ぬ》い付けられたかのように微動だにしない。

雫の丘はたちまち絶望で溢れかえった。

珍しいな。

普段は多くても百程度の群れしか作らないゴキュが、明らかに千を上回る数の大群で反撃しているぞ。

教師や生徒が連携して迎撃に当たっているが、どんどん押されているな。

やはり数が違いすぎるか。

「ヒスイさん！」

「ん、ユアじゃんか。どうした？」

「どうした、ではありませんよ！　早くゴキュを討伐しなければ！」

さっきまでゴキュを殺した数で勝負をしようとしていたユアが、額に汗を流しながら俺のもとに走ってきた。

「ああ、そうだな。けど、探しものをしてるんだよ」

「探し物!?　今はそれどころでは！」

「まぁ聞けって。魔法科の連中が作っている土壁のおかげで、ゴキュに接近戦に持ち込まれるのを防げている。まだ焦るべき時ではないさ」

「ですが！」

おそらく、ユアは今回のことを自然現象か何かだと決めつけているのだろう。だが……

「今回の件、故意に引き起こされた可能性があるな」

「え……？　でも、魔物を操る魔法なんて！」

「……まずは犯人探しだ」

未だに状況を呑み込めていないユアを放置したまま、俺はある人物を探して辺りを見回す。

「いた、な」

やはり、というか、最初に疑うべきやつは想像がついていた。

あそこまで変化があれば、この奇妙な現象を一番に結びつけることができる。

「ヒ、ヒスイさん……？」

「お前は前線に行け。今いるゴキュの半分くらいなら討伐可能だろ？」

「それはもちろんです！」

「じゃあ行ってこい」

「は、はい！」

力強く返事をしたユアが前線に向かう。俺も前線近くで集まっている実戦科の連中のもとへと走った。

「ぐしし……」

「おい」

「ぐし!? お、お前は平民！ な、なんの用だ！」

相変わらず汚い笑い方をするボシ。

俺は彼が握りしめている紫色の水晶を見た。

「それか、ゴキュを操っているマジックアイテムは」

「な、なんのことだよ！ これは俺のお守り……」

「正確には、ゴキュを夢中にさせるマジックアイテムか？」

「……ち、ちが！」

「過去にもこういうことが起こった。とあるマジックアイテムによって引き寄せられた魔物が、王国の騎士団を半壊させた……」

「それがどうしたんだよ！」

「そのマジックアイテムは、匂いによって持ち主に幻覚を見せたり聞かせたりする」

元から青白く不健康だったボシの顔から、さらに血の気が引いていく。

彼はどんな幻聴を聞き、幻を見たのだろうか。

そして彼にマジックアイテムを持たせた首謀者《しゅぼうしゃ》にはどんな思惑《おもわく》があるのか。

「まぁ今は、お前の水晶を渡――」

「だ！　ダメに決まっているだろおがああ‼」

俺の言葉を聞き届けることもなく、ボシが大きな声を張り上げた。

周囲にいる生徒の視線が集まる。

「お、俺はなぁ！　あの方から！　与えられた神の試練を遂行《すいこう》しなければいけねぇぇんだよおお‼」

「……神の試練？」

「そうだぁ！　ぐしし……下等なゴミどもじゃあ足元にも及ばない、最高の存在になるんだよおお！」

「ははっ。ギルティアスかよ？」

「な、なに⁉」

ギルティアス、という単語を聞いて、目を限界まで見開いて異様な反応を示すボシ。

どうやらビンゴだったらしい。

彼はギルティアスのメンバーになっていて、なんらかの目的を達成しようとしている。あるいはそのための捨て駒《ごま》になっているって感じか。

だが、魔物を呼び寄せる目的が分からないな。

ギルティアスは学園をメンバー収集の隠れ蓑《みの》にしている節《ふし》がある。無意味に生徒を虐殺する必要性がない。

「お前ええ！　なんでそのことを知っているんだあ!!」

普段とまるで違う形相で大声を上げるボシを心配したのか、デルデアスが駆け寄ってきた。

「お、おい。ボシ？」

動揺してボシの肩に手を載せるデルデアス。

「黙れぇ！　いつも偉そうにしてるカスがあ!!」

「は……？　ボシ、お前何を……幼少の頃から俺に付き従ってくれてたじゃないか……」

「うるせえっつってんだよおお!!　火矢《ファイヤーアロー》！」

「チッ！　闇玉《ダルフ》！」

ボシはデルデアスに向かって、右腕を向けながら魔法を放とうとする。俺は闇玉《ダルフ》を作って、矢の形を取って飛来する火にぶつけた。

「き、消えたぁぁー!?」

「魔力を相殺する魔法だ。下位の中でもさらに下位の火矢《ファイヤーアロー》相手じゃ、一方的な破壊だったがな」

ボシが放った火矢《ファイヤーアロー》は跡形もなく消え、デルデアスの前には黒色の玉だけがぷかぷかと浮かんでいる。

「さて、そろそろ匂いを作っている水晶を渡してもらおうか？」

「平民のくせに！　ふ、ふざけるなあああ！」

最後の足掻《あが》きか、ボシが無様な手つきで俺に接近戦を挑んできた。

黒靄《ブラウ》を纏うまでもなく、俺はボシの懐《ふところ》に入り込んで拳を腹にめり込ませた。

「かはっ……へ、平民ふぜいが……っ……」

そう呟いたきりボシは気絶して、握っていた水晶を手放す。

水晶は地面に落下して、砕け散った。

「な、なにが……」

デルデアスは突然の事態に驚いて腰を抜かしているが、傷一つないようだ。

次いでゴキュが群がっている場所を見る。

千以上いる群れは、統制を失って互いに殺し合いをはじめた。

「これで終わりのようだな」

そう。第一波はこれで終わりだ。

安心したのも束の間、俺は天空を数体のドラゴンが舞い、ゴキュとは別方向から続々と魔物が出現しはじめている気配を察知した。

第二波の始まりか。

「ど、どうしますか!?」

ゴキュが人間を狙うのをやめ、デルデアスや実戦科の連中が後方に逃げ出したタイミングで、ユアが俺のもとに駆け寄ってきた。

「ユア、まともな援軍が来るとすればどれくらいかかると思う？」

「ま、まともですか……？」

「ああ、戦闘において使える存在だ。ギルドであれば総帥のリゴリアとかだな。学園だと理事長ってところか」

俺が指しているのは、死地と化すであろうこの場でも使える人材だ。

凡人が何人か来ても、ただ殺されるだけで無意味だからな。

「ほえ……雫の丘と王都だから……一時間はかかるかと……」

「リゴリアの全力ダッシュなら十分くらいだろうな。セスティアは知らんが、まぁそれくらいで間違いない」

「十分……持ち堪《こた》えられますかね？」

「いいや。十分はあいつらに情報が伝わった瞬間から測った時間だ。この場にいる生徒の誰かか、俺かユアが知らせに行く時間を加味すれば、最低でも倍はかかる」

「そんな……」

咆哮《ほうこう》をあげるドラゴンに、まだ姿を見せないが異様な存在感を撒き散らす魔物。

「ヒスイさんでは、なんとかできないのですか？」

「できないわけじゃないが、二方向から来られてはキツイな」

「それなら片方は私が！」

「いや、まだだ。おそらく、学園内部に魔物をおびき寄せているやつがいるのだろう。もしそいつが手を出してきたら三方向になる」

顔を青く染めるユア。俺が言ったのはあくまでも可能性の話ではあるが、ボシが持っていた水晶は砕け散って魔力を発していないのだから、魔物は別の何かに引き寄せられていると考えるのが自然だ。

周囲を見ても、怪しい存在は確認できない。

もっとも、原因を特定しても、ドラゴンや魔物の気配を追い払える保証はないし……

「結局俺たちでやるしかないよな」

「わ、分かりました！」

「じゃあ、俺はまだ気配しか感じられない魔物どもをやるわ」

「ほえ!?　私がドラゴンですか!?」

「教師と生徒はドラゴンにしか気を取られていない。ユアだったら目立たずにフォローできるだろ？　俺の闇魔法は使った瞬間に一発でバレる。しかも、大勢に。それは面倒だからダメだ」

「うぅ……分かりました！　できるだけ目立たないように頑張ります！」

「よし。じゃあ、ユアはあっちを頼んだぞ」

「はい！」

早いやつらはすでに戦闘の準備をしている。ユアは彼らに交じるために走り出した。

俺も気配しか感じられない魔物のもとへ急いだ。

◆

生徒たちとは反対方向に向かった俺は、森の中で多数の魔物と対峙していた。

茶色い毛並みの狼――ウラフに、桃色の肌をした巨大な人型の豚――オーク。どちらも同じD～Cランクに指定されることが多い魔物だ。数は百体ずつくらいか。

そして、黒い角を持つ鬼のような人型の生き物――オーガの姿もある。十体しかいないが、B～Aの依頼書でよく見る強力なやつだ。

だが最も厄介なのは、異臭を放つ、爛《ただ》れた緑色の肌を持つ一体の人型アンデッド。Sランクの依頼でよく見る、デゥティだ。やつの鋭い爪の先から垂れている紫色の液体には要注意だ。身体の至るところから分泌《ぶんぴつ》されるこの液体に少しでも触れた者は、デゥティになってしまう。

「「「ググッ……グゥッ……」」」

「カハぁ……」

生臭い息を吐きながらノロノロと歩くデゥティは、一見すると他の魔物よりも圧倒的に動きが遅い。しかし、一度戦闘状態になると、異常な速度を発揮するので油断できないのだ。

――さて、まずはこいつをやらないとな。

「黒靄《ブラウ》」

俺の周囲に自動防御や身体強化の効果がある黒い靄が漂いはじめる。

俺はズボンのポケットのから刀を取り出そうとするが――

あっ、そういえば制服だった。

……仕方がない、魔法主体で戦うことにするか。

「……闇玉《ダルフ》」

俺の周りを五つの闇玉《ダルフ》がぷわぷわと舞う。

手を振って方向を示すと、五つの闇玉《ダルフ》は高速で魔物の集団に向かい――爆発した。

「やっぱ、これだけじゃ死なねえよな？」

多くの魔物たちの死体が転がる中、デゥティは一瞬で爆発の範囲外まで移動していて無傷のままだった。

口から黄ばんだ息を吐きながら、デゥティが俺に向かって走り出す。

「チッ――闇玉《ダルフ》！」

俺は視界を覆うほど大量の闇玉《ダルフ》を作り出した。

バックステップで大きく距離を取り、デゥティの気配に向けて闇玉《ダルフ》を動かして続けざまに爆発させる。

異様な速度で移動しているデゥティを追尾する闇玉《ダルフ》。稀にデゥティに触れるものもあったが、爆発する瞬間にはすでに範囲外に逃げられているため、致命傷を与えられない。

このままだと消耗戦だ。

ユアの方も気になるし、そろそろ片付けなければ。

「闇手《アスデ》」

右手に黒靄《ブラウ》とは別の高密度の闇を纏う。

それはどんどん伸びていき、約三メートルの大剣の形状を取った。

俺は黒靄《ブラウ》の能力強化によって得た圧倒的なスピードで、デゥティの近くまで一気に駆け寄る。

闇手《アスデ》が届くギリギリの距離。

「死ね」

「か……かはァ……！」

闇玉《ダルフ》の回避に集中していたデゥティの腹に一撃入れる。

一瞬、やつの動きが止まった。

それで十分。刃を翻して首を刎《は》ねる。

「かっ……かっ……」

首を飛ばされたにもかかわらず、最後まで俺を狙って足掻き続けるデゥティの体を両断して、完全に絶命させる。

デゥティの死体が地面に横たわった。

ここまで圧倒的な戦闘を見ても、生き残っている魔物たちは怯《おび》えて逃げ出すどころか戦う気満々だ。これは水晶によって洗脳されていると見て間違いないな。

「……哀れだな」

自分の意思で逃げることもできず、操られたまま生を終える。

つい同情してしまった。吐き気を催す同情を。

それでも俺は躊躇しない。

「闇玉《ダルフ》」

次々と爆散するウラフ、オーク、オーガ。

俺は魔物を殲滅するまでその森で戦い続けた。

3

「現状の報告をしたまえ！　ヒスイ少年とユア少女よ！」

ギルド総帥室。

岩のような図体《ずうたい》のリゴリアが、それに見合う大きな特別製の椅子に座っている。

険《けわ》しい視線を向ける彼に、俺とユアは背筋を伸ばした。

「合同遠征で襲撃があった。最初はボシって野郎がマジックアイテムを使ってゴキュを大量に呼び寄せた」

そう言って俺は、割れた紫色の水晶を机に置いた。

「ほう、これが件《くだん》のマジックアイテムか！」

「ああ。以前、王国の騎士団を半壊させたっていうマジックアイテムと似てるか？」

「似ているな。似すぎている……」

リゴリアは過去を懐かしむような、あるいは忌々《いまいま》しい物を見るような、複雑な表情をした。

騎士団が魔物に襲われた時、彼はその場にいたのだ。

「我はこのことを王国に伝えよう！」

「ギルティアスが関わっている可能性がある、か？」

「そうだ。このマジックアイテムは預かっておくぞ！」

一も二もなく言い放ち、リゴリアは懐に水晶をしまい込んだ。

この手の兵器クラスのマジックアイテムを使える組織とあっては、リゴリアはギルティアスへの警戒度を大幅に上げたことだろう。

「で、そのボシとやらは今どこにいるのだ？」

「騎士団に捕縛されたよ。おそらく牢獄の中だな」

リゴリアは苦々しそうに顔をしかめる。

「そうか……」

「そんな顔をするなって。いくら国が過激な拷問《ごうもん》を禁止しているからって、自白させることくらいはできるだろ」

「しかしヒスイ少年、自白させる前にボシが口封じのために殺されてしまったら元も子もないぞ。……よし、かくなる上は騎士団に行ってボシとやらを捕らえに行くぞ！」

バンッと机を叩いて勢いよく立ち上がるリゴリア。机や床が特別製でなければ、冗談抜きで部屋が崩壊しているところだ。

「落ち着け。国家反逆罪で騎士団が来るぞ」

「くっ……」

俺がたしなめると、リゴリアは渋々腰を下ろした。

この男なら騎士団くらい一秒とかからずに壊滅させるだろうが、それでもギルドの総帥という立場がある。

「さっきの話の続きだが、ゴキュを対処したあと、別の魔物が現れた」

「ドラゴンだな？」

「さすがに情報が早いな。その通りだ。他にもいたがな」

「ほう？」

「デゥティ……あの化け物がいやがった」

「なんだと!?」

リゴリアが驚きの声を上げ、部屋が縮むほどに空気が張り詰める。

ユアには事前にこの話を伝えていたが、その時も同じようにかなり驚いていた。

「デゥティは俺が倒しておいたが、もしもギルティアスが本気を出したら国の一つくらい破壊できるだろうな」

「なんということだ……！」

Sランクの魔物は、討伐可能な者以外は発見次第即座に逃げることを推奨《すいしょう》される危険な存在だ。

リゴリアの驚きも無理はない。

一匹でもデゥティが街中に放たれたら、相応の人物が対処しなければ三日で大増殖して手が付けられなくなる。

やつの感染力に俊敏《しゅんびん》な移動速度が合わさって、その脅威《きょうい》は計り知れない。

「各国の代表に協力要請の書状を送らなければならん！」

リゴリアもついに本腰を入れる気だな。

はっきり言って、リゴリアの発言力は各国の元首も無視できないほど大きい。

ギルドは戦闘能力だけなら一国の軍隊以上の力を誇るから、自然とそうなったのだ。

「私からも報告があります」

「む、ユア少女か！　頼む」

今まで静かに押し黙っていたユアが口を開いた。

「私は学園の生徒と教師の方たちと協力してドラゴンを討伐しました」

「そうか！」

「目立たないようにしていたつもりですが、ドラゴンのブレスによって大人数が危険に晒《さら》されたので、皆の前で最大出力の氷床《フォリー》を使用してしまいました」

「まぁ、多少は問題ないだろう！」

「そうだといいのですが……」

生真面目なユアはなおも心配そうに俯く。

「まぁ、ユアが怪しまれるようなら、その時は俺が大勢の前で闇魔法を使えばいい。俺は名前なら通っているから、お前への注目はそれる」

「ほえ……！　そ、そこまでしてもらうわけには！」

「ならそれ以上しょげるな」

「は、はい！」

元気に返事をしたユアに一つ頷き、俺はリゴリアに視線を戻す。

「ま、現状はこんなところだ。明日からは、まだ潜伏しているであろうギルティアスの捜索《そうさく》を続けるぞ。ユアが」

「ほえ!?」

「そうだな。ボシとやらとは別に、デゥティや数体のドラゴンを呼べるほどの人材――おそらくは幹部クラスが遠征に参加していたはずだ。学園に潜伏しているのはそいつだけではないだろうが、まずは今回の遠征にいたやつらを中心に探せ！」

「ああ、分かった。ユアが探す」

「ほえ!?　ヒスイさんも手伝ってくださいよ！」

「嫌だ。面倒臭い。俺は万が一のサポーターに徹する」

ガクッと肩を落とすユア。

これから本格的に忙しくなるという予感で、一気に疲れがこみ上げてきたようだ。

「では、今日はこれで解散だ！」

「はい！」

「あいよ」

◆

翌朝、俺が学園の門を通ると、赤髪の貴族デルデアスと腰巾着数人が待ち構えていた。

どうやら俺に用があるらしい。

「おい、ヒスイ……だったか？」

デルデアスは以前のように俺を「平民」呼ばわりせずに名前を呼んだが、何か心境の変化でもあったのだろうか。

「なんだ？」

「こういう場合、正式には書状を渡すものなんだが……今の俺にそこまでの権限がなくてな……」

長ったらしい前置きをするデルデアスに若干の苛立ちを覚え、俺はつい急かしてしまった。

「早く本題を言え」

「あ、ああ、そうだな。ヒスイ、俺の家に騎士として仕えないか？」

「はぁ？」

「お前は力がある。だから俺の家に来て貴族になれ！　平民を守る存在に！」

デルデアスは拳を握り込んで俺に力説する。

平民を守る、か。貴族面《づら》して俺に絡んできたやつの口から意外な言葉が出た。しかし——

「スカウトのつもりなら、悪いがパスだ。興味ない」

「な、なぜ⁉　最初は騎士爵《きししゃく》からだが……俺が後押しをする！　お前なら辺境伯《へんきょうはく》は堅いぞ！」

「いらねーよ。そんなもの」

俺が欲しいのは地位や名誉じゃない。

身分に執着するあまり家族をあっさり切り捨てるような下らない人間になってしまうなら、そんなものはクソ食らえ。

「地位に興味がないのか？　ならお前が欲しいものはなんだ、金か？」

「さぁな。俺にも分かんねーよ」

「は……？」

俺の言葉が理解できないのか、デルデアスは唖然として立ち尽くす。

きっと彼には何か希望や目標があるのだろう。もしかしたらそれが平民を守ることなのかもしれない。

だが俺は、ただその日その日を過ごすだけ。

欲しいものや失いたくないものは一切ない。

「話はそれだけか？」

「……あ、ああ。だが、もし気が変わったら俺に声をかけろ。協力は惜しまない」

取り付く島がないと見たか、デルデアスは渋々引き下がった。

「そうかい」

ふとデルデアスを見ると、その目には俺の元父親が一度も見せたことがない誠実な光が宿っている気がした。

若さゆえの青臭い正義感かもしれないが、やつなりに何か理想に燃えて行動しているのだろうか。

俺は心の中でデルデアスの評価を少し改めた。

「そういえば……」

立ち去ろうとする俺の背中に向けて、デルデアスが思い出したように言った。

「お前と一悶着《ひともんちゃく》あった公爵《こうしゃく》家のシリアだがな、どうやら婚約したみたいだぞ」

「……は？」

一瞬、俺は足を止める。

「相手はほら、二年生を担当しているヒューリアン先生だよ。公爵家が優秀なヒューリアンの能力を買って婿《むこ》に迎えたって話だが、あまりに急な話で少し怪しい——って、ヒスイどこ行くんだよ！」

俺はデルデアスの言葉を最後まで聞くことなく走り出していた。

シリアの居場所は知らなかったが、周囲の生徒に聞いてある程度の目星をつけた。

彼女は空き時間があると学園内の喫茶店《きっさ》で紅茶を飲んでいることが多いそうだ。

俺はその話を頼りに、喫茶店「憩《いこ》いの場」に辿り着いた。

薄茶色のテントの下に並ぶテラス席は閑散《かんさん》としていたが、ガラス越しに店内を覗き込むと、友達と楽しそうに笑いあうシリアの姿があった。

「シリア……」

俺は思わず呟いていた。

その声に反応するように、シリアがこちらを見て大きく目を見開く。

しばらく距離を取ろうと思っていたのに、心の準備も何も完全に忘れて突っ走ってしまった。

ガラスの反対側でシリアの口が動く。

『お兄さま……？』

俺には彼女がそう言っているように思えてならない。

だが、この前みたいにいきなり気絶されては困る。俺はその場で微笑んで彼女が落ち着くのを待つ。

しばらくして、シリアはようやく平静を取り戻したようだ。手招きで俺を店内に呼び入れた。

「シリア、久しぶりだな」

俺は一抹《いちまつ》の不安を抱きつつも声をかける。

「ええ、お久しぶりです。おにい……ヒスイさん」

シリアは「お兄さま」と呼びかけたが、テーブルの向かい側に座っている少女をチラリと見て「ヒスイ」と言い直した。

「久しぶりね……ヒスイ」

気まずそうに視線を泳がせながらそう言ったのは、ダークエルフの少女、ディティア。

「ああ、久しぶりだな、ディティア」

「その……誤解してたみたいで、ごめんなさい……」

面と向かって謝るのが恥ずかしいのか、ずいぶんと言葉足らずだが、それでも彼女が何を伝えたいかは分かる。

ディティアは顔を真っ赤に染めて、テーブルに視線を落とす。

「気にすんな。結果はどうってことなかったんだからさ」

「それでも……私は……」

「いいって言ってんだよ。それよりも、今はシリアに用があるんだ」

「な、なんですか？」

俺が偶然ここに来ただけだと思い込んでいたらしいシリアは、驚いてビクリと肩を震わせる。

「噂を聞いたんだが……婚約したそうだな」

「……はい、ヒューリアン様と婚約いたしました」

シリアはどこか達観したような笑顔を見せた。

これまでの冒険者生活の中で、俺はそんな顔を何回も見たことがある。絶望に打ちひしがれた者が全てを諦《あきら》め、受け入れた時に見せる、悲しいほどに清々《すがすが》しい笑顔だ。

「……そんな顔すんなよ」

「え？」

シリアとヒューリアンの間に何があったか、俺には知り得ないが、彼女が望んだ婚約でないということだけは間違いない。おそらく父親の意思に従っているだけ――

「婚約が嫌なら……取り消せ」

もはや家族ではなくなった俺に言えるのはそれだけだった。

だが、シリアは首を横に振る。

「父の決定です。逆らうことは許されないのです」

「なら家を出ろ……あんなヤツがいる家なんて、存続させても意味はない！」

「それでも……私が生まれた家ですから」

シリアは寂しげに微笑みながらも、頑《かたく》なに拒絶し続ける。

俺は焦りと苛立ちで声を荒らげていた。

「生まれた家なんて関係ないだろ！　子が嫌がっているのに、無理やり婚約させる親なんか……！」

「ヒスイさん！　大丈夫です。私は構いません」

さも気にしていないと気丈《きじょう》に振る舞っているが、今のシリアはどこかおかしい。久しぶりに会った俺でも違和感を覚えるほどだ。

ディティアもそれを感じ取ったようで、心配そうに声をかける。

「シリアちゃん、どうしたの？」

「なんでもないです。そろそろ授業なので、私はこれで……」

話はここまでだとばかりに、シリアは席を立つ。

「待て！　お前が家を出たいなら、俺が協力する！　だから！」

「いいのです！」

「――ッ！」

シリアが張り上げた声に、つい萎縮《いしゅく》してしまった。

店員や他の生徒の視線が集まるが、シリアは気にせず言い放った。

「今のヒスイさんには関係ないことです！　もう私に関わらないでください！」

鈍器で殴られたような、きつい言葉だった。

これ以上続けても、ますますシリアと険悪になるだけだろう。

「……ああ、そうか。悪かったな」

「……さようなら」

シリアは最後に俺を一瞥《いちべつ》して、足早に去っていく。

ディティアもシリアを追いかけ、一人残された俺は、静まりかえった喫茶店の中で先ほどの言葉を反芻《はんすう》した。

『今のヒスイさんには関係のないことです！』

そう。もうシリアの家族ではない、部外者の俺がとやかく言えるようなことではないのだ。

それでも何かやれることはないかと考えてしまうのは、俺の身勝手なのだろうか。

◆

「でぇあ！」

かけ声とともに、生徒が両手で握りしめた木剣を真正面から打ち込んでくる。無邪気にじゃれる子猫ように殺気がない。

俺は軽く身をよじって攻撃をいなすと、その生徒の腹に一撃入れた。

「うぅ……当たりました」

生徒は腹をさすりながら片手を挙げて降参した。

俺は彼が足取り重く第四演習場を後にする姿を見守る。

実戦科おなじみの、いい加減なバトルロイヤル形式の授業だ。

俺は周囲の残り人数を把握しながらこのゲームを生き残り、残り十人くらいになったところを見計らって自主的に演習場から立ち去った。

授業を抜け出した俺は、校舎に隣接する森を散歩していた。

そこに、実戦場から出てきたヒューリアンが話しかけてきた。

「やぁ。君が授業に来るとは珍しい。一体どういう風の吹き回しだい？」

「さぁな」

「ははっ。冷たいなぁ。……さしずめ、シニャさんが家に帰って居場所がないってところかな？」

ヒューリアンは相変わらず上辺《うわべ》だけは親しみやすい、爽やかな笑みを浮かべている。

「……チッ」

「どうやら図星みたいだね」

なぜこいつが知っているのかは分からないが、正解だ。

シニャは家庭の事情とやらで、一週間ほど学校を休んでいる。だから俺は暇になったわけだ。

暇つぶしがてら、久々に授業に出ていたのだが、相変わらずつまらないことをやっているし、おまけに腹立たしい顔を見ることになった。

つくづく来るんじゃなかったと後悔している。

「そういえば、もう耳に入っているかな？」

ヒューリアンの笑みがさらに深くなった。

「僕とシリアさんが婚約したことを」

目を細め、俺を嘲笑するかのように、わざとらしく言葉を紡ぐヒューリアン。

俺は殴りたいという衝動を必死に抑える。もしも今こいつを殴ってしまえば、シリアにまで迷惑がかかるかもしれないと言い聞かせながら。

「シリアさんは可愛いからねぇ……楽しみだよ」

ヒューリアンは恍惚《こうこつ》とした表情で空を見上げた。

このクソ野郎のガラ空きの体にでかい穴を開けてやりたい。

「黙れ。それ以上喋ったら殺すぞ？」

「ははっ。怖いなぁ」

ヒューリアンは半ばふざけた様子で肩を竦《すく》める。

「おすそ分けしてほしいならそう言いなよ。あれが壊れたら遊ばせてあげるからさぁ。ねぇ、強姦《ごうかん》未遂《みすい》さん？」

さすがにこの言葉には我慢できなかった。

もしもこいつにシリアを大事にする気があるなら、妻として正当に扱うのならば、まだよかった。

しかし、そのつもりがないと分かった以上、俺が抑える理由はない。

今すぐやつの血肉を地面にぶち撒けてやる。

「死ね」

瞬時に黒靄《ブラウ》を纏い、躍りかかる。同時に闇玉《ダルフ》を五つ展開して逃げ道を塞いだ。

ここまでしても、ヒューリアンは未だに顔に笑みを貼り付けたまま。当然だ。俺の反応についてこられるやつは――

「待つのじゃ」

あと一歩のところで、緑色の魔力が俺の攻撃を遮った。

「チッ、セスティアか」

賢者であり理事長でもあるセスティアが間に入ったのだ。

手に纏っているのは、確か……あらゆる攻撃から身を守る魔法――『盾《エザン》』だったか。魔王の一撃すらも無効化する魔法だとも聞いたことがある。

「やれやれ、ものすごい殺気を感じて飛んで来てみれば……魔法学会と同じようなことになるところじゃった」

「どけ。俺はそいつに用があるんだよ」

「ダメじゃ。面倒ごとを起こさないでもらいたいのじゃ」

セスティアは真剣な眼差しで俺を見る。

その後ろで、ヒューリアンはまだ笑ったまま立っている。状況を理解できていないようだな。

しばし、セスティアと睨み合う。

冷たい風が吹いた。

「今は退いてほしいのじゃ」

頭に上った血が体に通いはじめた気がした。

「……ああ」

「ふぅ……なのじゃ」

セスティアは緊張を解いて、額の汗を拭う。

だが、俺の返事は、彼女が理解した意味ではないということを、知らしめるとしよう。

「どけ」

「なッ!?」

次の瞬間、俺はセスティアとヒューリアンの間に立っていた。

俺の黒靄《ブラウ》には空間掌握の能力がある。

黒靄《ブラウ》が届く範囲の空間を掌握し、自由に行き来できる。まぁ、それなりに魔力を消費するから、普段はあまり気軽に使えないのだが。

今はそれだけ、目の前にいる教師の皮を被ったクズ野郎をぶちのめしたい。

「とりあえず吹き飛べ」

「ぶべあああっ!?」

右手に力を限界まで込めてヒューリアンの頬に一発ぶちかます。

黒靄《ブラウ》の身体能力強化の効果も相まって、木々をなぎ倒しながらヒューリアンが飛んでいく。

「やめるのじゃ！」

セスティアがすごい剣幕で俺を制止する。

「ああ、もういいよ。もう一人殴り飛ばさないといけないやつがいるからな」

「な、なんじゃと……？」

目を白黒させるセスティアを残し、俺は約十年ぶりにシルベラ家へと向かった。


「どこに行くつもりだ？」

大通りの中心を塞ぐように大男が仁王立《におうだ》ちしていた。

「リゴリア……か」

リゴリアが放つオーラに、道行く人々が圧倒されている。しかし彼は気にする様子もなく俺に言った。

「セスティアから聞いた。公爵家に殴り込みに行くそうだな」

「……それがどうした？」

「やめておけ。それだけを言いにきた」

珍しく真剣な表情だ。

セスティアはいつ知らせたのだろうか？　そういえば風魔法で言葉を遠くまで届けるやつがあったな……それを使ったのかもしれない。

まぁいい。とにかく、リゴリアは実力行使で阻止するつもりじゃないみたいで安心した。

さすがに往来のど真ん中で暴れるのはマズイ。黒靄《ブラウ》もあまり多用したくないしな。

「用は済んだろ。退けよ」

「……ああ。しかし退かん」

「は？　一言言いにきただけじゃねーのかよ」

「我はここに立っているだけだ。それ以外のなんでもない」

マジで面倒臭いやつだな……

リゴリアを無視して横をすり抜けていけばいいはずだ。しかし、ただ通るだけなのに足が一歩も動かない。

リゴリアが凄《すさ》まじい圧力を放ち、俺を阻む。まるで壊すことのできない透明な壁を展開しているかのようだ。

「……なら、別の道を通るだけだ」

こんな所で睨み合っていないで、別の道を通ってシルベラ家に向かえばいい。

そう思っていたが……

「なんでここにいるんだよ」

「さぁな。我の気分だ」

「チッ……とことん邪魔する気じゃねーか」

「なんのことかさっぱりだな。我はこの場に立っているだけだが？」

薄暗い路地裏。

人通りが少ないこんな場所にも、先回りしたと思われるリゴリアが立ちはだかっていた。

「こんなところで立っているだけって、明らかにおかしいじゃねーか」

「気分だ。知っておるだろう？　我は基本的に気分で動く。それだけだ」

「チッ……」

どうやら俺が公爵家へ向かうのを徹底的に阻止するつもりらしい。

「俺を止めようとする理由は分かる。公爵家と問題を起こせば、まず間違いなく俺の首に懸賞金がかかるからだよな？」

「……なんのことかな」

「俺は構わない。シリアを不幸にしたくないんだ」

「ダメだ」

リゴリアの鋭い目つきからは揺るぎない決意が感じられる。何を言っても彼が足を動かすことはないと物語っていた。

俺のためを思ってのこと――それは理解できている。

だから俺はリゴリアに手を出せない。

「頼む……通してくれ」

「ダメだと言っておるだろう」

「……くっ」

もう俺がリゴリアに言えることはない。

これ以上は無駄な会話だ。

諦めて一歩下がったその時、リゴリアが重々しく口を開いた。

「公爵家はギルティアスと関わっている可能性がある」

「……なんだと？」

「だから、今はダメだ」

リゴリアはそれだけ言うと、俺に背を向けて立ち去った。

威圧という名の壁はついに消えたが、それでもなお、俺は前に進むことができなかった。

◆

翌日、ヒューリアンの一件で俺に正式な逮捕状が届いた。

罪状は暴行罪だそうだ。

槍を手に持った厳《いか》つい兵士に連れられて、俺は着の身着のまま牢に放り込まれた。

監獄《かんごく》の壁は冷たく、床は硬い。

通路には松明《たいまつ》がゆらゆらと燃えているが、その灯《あか》りと熱は遠い。

牢の中には寝床と思しき薄っぺらい麻布が一枚敷かれており、用を足すための簡易的な便所がある。しかし、それ以外は一切ない。

当然、娯楽の道具などあるはずもない。

天井《てんじょう》のシミを数えるにも光が届かないときたものだ。

「……暇、だな」

この状況が続けば退屈すぎて死んでしまう。

そんな俺に、向かい側の牢屋から声をかける者がいた。

「久しぶりだな。ぐしし」

暗くて顔は見えないが、その声には聞き覚えがあった。

「ボシ……か？」

「そうだぜ。俺だ」

ボシもここに収監されていたのか。

ギルティアスの下っ端《ぱ》、あるいは単なる捨て駒だったにしろ、やらかした罪の規模は大きい。相応の牢に入れられていると思ったが……

もしかすると、逆に俺がやばい牢獄に入れられているのか。

そういえば、俺をここに連行してきた兵士は、なかなか手練《てだ》れのようだった。

「まさか平民がここに来るなんてなぁ。何があったんだよ、ぐしし」

「……いろいろだよ」

「その〝いろいろ〟ってのを聞かせろよ。安心しろ、俺はもう正気だからな。ぐしし」

「正気？　ギルティアスに堕ちたやつがよく言う」

「……あぁ、それを言われると立つ瀬がないなぁ。ぐしし」

　ボシの声が少し沈んだ。自分の行いに恥じ入っているのか。こいつなりに考えることはあったようだな。

「まぁ、どうせ暇だし、聞かせてやるよ」

「ぐしし。待ってました！」

　向かいの牢から手をパチパチと鳴らす音が聞こえる。

　さすがに牢屋を見張っている兵士が来るかもしれないと危惧《きぐ》したが、俺たちが咎《とが》められることはなかった。

　暇を持て余していた俺は、時間を掛けてその後の顛末《てんまつ》を語った。

　シリアの婚約のこと。ヒューリアンを殴り飛ばしたこと。

　もはや逃げられぬ身とはいえ、ボシがギルティアスに関係している以上、ギルドに関連する情報は一切伝えなかったが。

「へぇ……ヒューリアン先生ね」

何か引っかかるところがあったのか、ボシは思わせぶりに呟いた。

「ん、なんかあんのかよ」

「いや、気にすんな」

「気にするなって言う方が無理だろ。早く言えって」

そんな俺に、ボシがあくどい声で囁《ささや》きかけた。

「ぐしし……なぁ、取引しねぇか？」

「取引？」

この期に及んでなんだろうか？　思わず聞き返してしまった。

「ああ、ぐしし……お前が必要としている情報をやるよ。ギルティアス関連とかな……」

「それで？」

「お前は俺の願いを一つ叶えてくれればいい。ぐしし……」

俺はため息をついた。

「はぁ……お前バカだろ。どうせお前はギルティアスの情報を〝提供〟することになるんだよ」

「拷問されて、だろ？　そんなことは俺も知っている。でも、俺が情報を吐くことはないんだなぁ……」

「どういうことだよ？」

「その前に死ぬからさ、ぐしし」

予想通り、彼はギルティアスにとって犬以下の存在だったか。だが、まさか本人が「死ぬ」ことを知っているとは思いもよらなかった。

「お前、捨て駒だっていう意識があったのか」

「当たり前だろ。俺なんかがギルティアスのメンバーに入れるわけがない。牢獄にぶち込まれてからしみじみ理解したぜ、ぐしし」

ボシはそれを悲観するでもなく、楽しい思い出であるかのように語る。

俺には彼の心情が分からない。

「それで、情報を吐く前に死ぬってのはどういうことだよ？」

「マジックアイテムさ。拷問部屋に入ると俺は死ぬ仕掛けなんだ、ぐしし」

「……チッ。それを外せねーのかよ？」

「無理だなぁ、ぐしし。外したら死ぬように別のマジックアイテムも入れたからな」

「入れただと？　自分の意思で入れたのか？」

「おうともさ。あの時の俺は狂っていたからな。ぐしし」

どうしてボシはここまで明るく振る舞えるのだろう。

なぜかシリアの笑顔を思い出して、いたたまれなくなる。

いや、もしかすると俺との取引で逃してもらおうというつもりなのか？

「まぁいい。まずは願いとやらを教えてもらおうか」

逃走の手助けやギルティアスへの勧誘など、ボシが提示してきそうな条件を考えたが、俺の予想はどれも外れていた。

「家族によ、伝言を頼めねぇか？」

「ん、家族って、お前のか？」

「そうだ。俺のせいで迷惑がかかっているかもしれないからよ、一言でいいから謝りてぇんだ」

確かに、大勢の生徒を危険に晒したボシの罪は大きい。彼一人の責任で済むはずがない。

今回の一件が、ボシの家族に影響を与えるのは間違いないだろう。

「分かった。それくらいならお安い御用だ」

「直接言ったり手紙を渡したりできればいいんだが、こんなところじゃな。ぐしし」

「……そう、だな」

「はっ。気にすんなよ、ぐしし。ここでお前と会えただけでも幸運だと思ってるんだぜ？」

ギルティアスに片足を突っ込んだ男だが、こうして話してみれば分かり合える。

こんなに明るく笑えて、自分の保身よりも家族に謝ろうとする度胸や誠実さがある。

俺は少しだけ彼を見直した。

「ぐしし。じゃあ、今度は俺が話す番だな」

「ああ、頼む」

「つっても、俺はあいつらにとってクソ以下だったたから、あまり情報はねぇんだが……」

「そこまで期待していないから安心しろ」

「だよな、ぐしし！」

ボシは捨て駒だった。

ギルドに尻尾を掴ませないほどの組織が、こんなところで捕まるボシに重要な情報をペラペラと話すわけがない。

「現在学園にいるギルティアスの幹部数は三人だったはずだ。そして、俺をギルティアスに誘ったのは……ヒューリアンだ」

ボシは意外にもかなりの情報を握っていた。

同時に、俺の心がざわついた。

リゴリアの話を信じていなかったわけではないが、まさか本当にシルベラ家がギルティアスと関係していたとは。

しかし、これで公爵家が一介の教師なんかと娘を婚約させた謎が解けた。

シルベラ家の人間がボシのように洗脳されている可能性があるのだ。

◆

「チッ。なんでこんな面倒なことになってるのよ」

ダークエルフの少女、ディティアが眉をひそめた。

シリアの婚約について疑念を抱き独自に調べていたディティアは、人目を避けて学園の隅にある森の中にヒューリアンを呼んで問い詰めていた。

「驚いたなぁ、すごいや」

ヒューリアンがわざとらしく手を叩く。

ヒスイに殴られた頬はすでに完治しており、いつもの爽やかな笑顔だ。

「驚いているようには見えないんだけど？」

「いやいや、優秀な生徒にはあえて組織の情報を流しているとはいえ、短期間でよくこれだけの情報を……すごいよ。どうだい、君もギルティアスに入らないかい？」

「は!?　なんの冗談だ」

ふざけているように見えるが、実際、ヒューリアンは驚いていた。そして、本気でギルティアスに勧誘している。

それほどまでにディティアの能力を買っているのだ。

「冗談のつもりはないんだけど。まあ、どちらにしろ洗脳するから関係ないか」

「……ゲスが」

「ははっ、なんとでも言いなよ。嫌でも魔神様の復活に協力することになるんだから」

「魔神……？　いえ、そんなことより、危険な組織の一員と分かった以上、あなたを捕縛する」

そう言うなり、ディティアはスカートのポケットから紅色の小さな水晶を取り出した。

その水晶の正体を一瞬で見破ったヒューリアンが、ニヤリと口元を歪《ゆが》める。

「へぇ、声を記録するマジックアイテムか」

「そうよ。これさえあれば、あなたは牢獄行き確定、ということ」

「ははっ、だからわざわざこんな場所に連れてきたのか。僕が話しやすいように」

ヒューリアンはディティアの意図をあっさりと看破《かんぱ》する。

しかし、彼女にとってはもう状況は整っていた。

あとはヒューリアンの身柄を押さえれば、ディティアの勝ちだ。それが可能ならば、だが。

「でも、君は思慮不足だね」

「なに？」

「視界内に人の姿も気配もない。ここは本当に人がいないんだねぇ？」

ディティアにはヒューリアンの発言の意図が分からなかったが、嫌な予感がして警戒を強めた。

「たった一人で僕と対等に戦えるつもりだったのかい？」

ヒューリアンがそう言うと、ディティアの上空から強烈な風が襲いかかった。滝風《アッシ》の魔法を発動したのだ。

地上から立ち上る炎を帯びた風がそれを相殺する。ディティアの風炎《サラベスタ》だ。

しかし、彼女が滝風《アッシ》に気を取られている隙に、風矢《アロー》が五本放たれていた。

右足に一本、腹部に一本、回避行動を予期して周囲にさらに三本。それぞれディティアを生け捕りにするための矢が飛来する。

まだ未熟なディティアは混合魔法を発動した直後に別の魔法を使うことができない。体を動かして避けようにも、回避した先に風矢《アロー》が待ち構えている。

よって、ディティアが考えた最善の方法は——

「いっ……！」

あえて腹部に矢を受けること。

足を負傷してしまえば動けなくなり、呆気なくヒューリアンに捕まってしまう。

だから腹部だ。

なんとか急所に命中するのは免《まぬが》れたものの、動けば激痛が走るし、血も大量に流れる。だが、足をやられるよりは速く走れると考えた。

「ははっ。力の差が理解できたかい？」

「……っ」

鮮血に染まる腹を押さえながら、片膝をつくディティア。放たれた風の矢は魔力になり消えた。

これ以上ディティアに何かできるとは思っていないヒューリアンは、嘲笑しながら悠然《ゆうぜん》と歩み寄る。

事実、ディティアはこの男との実力差を知り、対抗する術《すべ》がないことを悟った。

「私じゃ無理……それくらいは分かる。けど……ユアさんなら！」

ディティアは右手をヒューリアンに向けて、渾身《こんしん》の風炎《サラベスタ》を放つ。

「ちぃっ！」

不意に眼前を覆った炎に遮られ、ヒューリアンはディティアを見失った。

ディティアはその一瞬を利用して、ヒューリアンから身を隠すことに成功した。

痛む腹部を押さえ、自身が尊敬し、実力を認めたユアのもとへ向かう。彼女ならば、なんとかできると考えて――


「ユ、ユア先輩っ！」

「ティ、ティア！　どうしたの!?」

鍛錬のために一人で演習場にいたユアが、驚きを隠さず大きな声を発した。

振り向くと、腹部から血を流したディティアが壁にもたれかかっていたのだ。

「お、お願いします……！　ヒューリアンが……！」

そんな彼女の後ろから、異様な笑みを浮かべたヒューリアンがゆったりと近づいてくる。

「あははっ！　こんなところまで逃げてきたのかぁ？」

明らかに異常とも呼べるこの状況で、ユアはディティアを背後に庇《かば》って守ることを選択した。

「ユアさんかぁ。ねぇ、そのダークエルフを渡してくれないかなぁ？」

ヒューリアンは左手を突きだして要求する。

右手では魔力を練っており、戦闘状態であることは一目瞭然《いちもくりょうぜん》だった。

「氷床《フォリー》」

ユアの身体から莫大な魔力が消費され、演習場の地面が立ち所に凍りつく。

「ははっ、振られちゃったか……風矢《アロー》！」

彼は主に実戦科を担当しているため、選択科目が違うユアの魔法を一度も見たことがない。

だから、無意味とは知らず右手に集めていた魔力をユアに放った。

合計十本の魔法がユアに殺到する。

ディティアの時よりも数が多いのは、それだけユアのことを警戒しているという表れだ。

ヒューリアンがユアを警戒したことは正解だ。しかし、彼の想定とはレベルが違った。

氷床《フォリー》の空間に入った風矢《アロー》が全て固まり、霧散《むさん》した。

それを見たディティアが痛みも忘れて歓喜した。

「す、すごいっ！」

「ははっ。本当だ、すごいね？」

ヒューリアンも素直にその実力を認めた。

「お褒めいただきありがとうございます。まだまだ、ですけどね」

Aランクである自分は、まだSランクのあの人に届いていない——ユアがその思いを口にするこ

いや、これは打破できそうにな

とはなかったが。

「謙遜《けんそん》だねぇ。学生でこの強さはなかなかいないよ。しかし参ったな、これは打破できそうにないや」

ヒューリアンが残念そうにため息をついた。

実際、彼はユアの魔法に対処する手段を持ちあわせていない。

だから彼は、手を広げ、魔力を練るのをやめてこう言った。

「ユアさん、ギルティアスに入りませんか？」

ヒューリアンはあくまでも不敵な笑みは崩さない。だが少なくとも、声だけは真剣だ。

「ギルティアス……⁉」

「そう、裏組織だよ。聞いたことくらいはあるよね？」

ディティアから事情を聞かされていないユアは、ヒューリアンの口から出た意外な単語に一瞬言葉を失った。だが、やがて安堵したようにゆっくりと息を吐き出した。

「あぁ、よかった。全く情報が手に入らないので、このままだとバカにされるところでしたよ」

彼女はこの状況を危機ではなく収穫として考えたのだ。

「……ふぅん？　つまりどういうことだい、入るのかい？」

「いえいえ、逆ですよ。あなたが入るのです」

「僕が？」

ユアの発言の意図が理解できないヒューリアンが首を捻る。

「はい。牢獄にね！」

その一言とともに、氷床《フォリー》の範囲が急激に拡大した。

ディティアとユアを除いた、ほとんどが凍り付いていく。演習場の土、防壁、空気でさえも。

「ははっ。なるほど、合点がいったよ。そろそろ来るとは思ったけど、君は王国の犬かギルドの回し者だね？」

敵対組織の刺客《しかく》や私怨《しえん》などの可能性も考慮の上、ヒューリアンは最もありそうな二つを挙げた。

「ええ、そうです。ギルドのAランク冒険者、ユア・ミューリュッフィ。ギルティアスのメンバーを捕縛する依頼を受けてこの学園に参りました」

ユアは自ら立場と依頼の内容を明かした。氷床《フォリー》の展開により、戦闘はもう決したと考えての余裕——だかこれは、紛《まぎ》れもなく油断だった。

「ははっ！　やっと来たかぁ」

ヒューリアンがユアから視線を外し、演習場の入口を見て笑った。

同時に、氷床《フォリー》の魔法が消失した。

「え……？」

呆気にとられたユアが呟く。そして自らもヒューリアンが見ている先に視線を向けた。

そこには、彼女が思いもしなかった人物が二人立っていた。

「あ、あなたたちは……!?」

氷床《フォリー》が破られた今、魔法のみに頼った戦い方をするユアが、負傷したディティアを庇いながら勝利ないし逃走することはかなわない。

ユアとディティアは、ギルティアスの手に落ちてしまったのだった。

4

「やっと見つけたぞ、ヒスイ」

牢屋の中で寝転がっていると、鉄格子《てつごうし》の外側から声が聞こえた。

俺は顔を少し上げて、赤毛の少年を見た。

松明の光が逆光になって顔はよく見えないが、声と髪色だけでもだいたいの判別がついた。

「デルデアスか？　どうしてここに？」

「お前が暴行罪で捕まったと聞いてな、様子を見に来たのだ」

「牢屋なんて何も面白いものはねーのに、ご苦労なことだな」

「ふっ、それは俺の勝手だ」

それもそうだが、貴族の子弟ならば剣術の鍛錬や礼儀作法の勉強とか、やることはいくらでもあるだろうに。こいつはそんなに暇人なのか。

どうやらデルデアスは一人で来たようで、いつもの腰巾着たちの姿はない。

いや、まぁデルデアスの後ろにはボシの牢屋があるんだが……

それに、護衛として看守の兵士も背後に控えている。

「この牢屋にも慣れたか？」

「ん、嫌でも慣れるよ」

「案外不自由はしていないのだな」

「強《し》いて言うなら身体を動かせないことが不自由かな」

牢屋でトレーニングしようにも、やれることは結構限定されるし。

「ふっ、そうか。まあ、この牢屋にいる間に俺の配下になる件をじっくり考えておけ」

「まだ諦めてなかったのかよ」

「俺は決めたことは絶対に実行するからな」

「そうかい。まぁ、頑張りたまえ」

「ああ、お前もな」

デルデアスはそう言って、狭い鉄格子の間から手を差し出してきた。

後ろにいる兵士が「危ないから」と言って制止するが、デルデアスは俺の目を見つめたまま微動だにしない。

俺はデルデアスの手を握った。

すると、俺の手の平に何かが触れて小さくクシャッと鳴った。

どうやら紙切れみたいだ。

「あとで、考えてくれよな」

デルデアスは不敵に笑う。

「……じっくり考えるとしよう」

渡された紙片を落とさないように慎重に手を放して、そのままポケットにねじ込む。

その時、真正面の牢屋から動く気配がした。

今まで眠っていたボシが起き上がったみたいだ。

「デ、デルデアス様？」

ボシは鉄格子を握ってこちらを覗き込む。デルデアスがいることに、かなり驚いているようだ。

「ボシ、か……？」

「ど、どうしてこんなところにいるんですか⁉」

「ちょっとあってな。お前は……まぁ、理由は聞かずとも分かる」

「ぐしし……そうですよね」

バツが悪そうで、どこかぎこちない会話。殺されそうになった者とその加害者が顔を合わせれば、そうなるのも当然か。

「俺の家族はどうなりましたかね？　ここだと情報が全然こなくて、ぐしし」

「爵位を子爵から男爵に格下げ、領地の大半を没収だ」

「それだけなんですか？」

ボシが意外そうな声を漏らす。

俺たちが対処したおかげで実害はほとんどなかったとはいえ、一歩間違えば大惨事《だいさんじ》になっていた。

それを考えると、ボシの犯した罪は重い。

俺ももっと重い処分が下ると思っていた。

貴族から平民に落とされるとか、最悪の場合、親族皆死刑もあり得る。

「まぁ……色々あったんだ」

デルデアスが言葉を濁《にご》す。

だが、ボシはそれが意味するところを的確に言い当てた。

「ぐしし、売られましたか、俺は」

「……そうだ。お前は死刑。晒し首にされる。これは決定事項だ」

「まっ、当然ですわ。逆に家が潰されなかっただけマシっすかね！」

「はは……そう、だな」

無駄に明るく振る舞うボシに、不出来な作り笑いで応えるデルデアス。

彼らを見ていると、やはり貴族なのだと思う。それと同時に腹が立った。

俺は衝動に駆られるまま、彼らに言い放った。

「ふざけるなよ。お前ら貴族ってのは、そんなに家が大事なのかよ。家のためだったら自分の命はどうでもいいのか？」

「ぐしし。俺だって死にたくねぇよ……」

「だったらそんな無理に明るく振る舞うなよ！」

家のために極刑を受け入れるボシと、同じように家のために犠牲になろうとしているシリアの姿が重なって、俺は柄にもなく大きな声で叫んでしまった。

「でっ、でも！　なら俺はどうすればいいんだよ⁉」

「生きたいって言えばいいだろ！　デルデアスに命乞《いのちご》いでもなんでもしろよ！」

「っ……！」

鉄格子を掴むボシの手から力が抜け、そのままずり下がっていく。

「生きてぇよ……生きてぇけど……」

ついに正直になったボシは床に膝をつき、涙にむせぶ。

今まで黙って聞いていた赤毛の少年が、重々しく口を開いた。

「ボシ……聞けば、お前はギルティアスとかいう組織に洗脳されていたそうだな」

「ぐしし、恥ずかしいですが、そうっすね」

「お前の罪を決めた連中は、今回の一件をお前の精神の薄弱さが招いた結果だと断じ、情をかけるどころか批判した」

デルデアスは手を強く握りしめる。

「だが、俺はそう思わない！　お前は組織に操られていただけ……真に裁かれるべきはギルティアスのはずだ！　それなのに……ボシ一人を生贄《いけにえ》にして安易な解決を求めるとは……なんて無能で頭の硬い連中だ！」

デルデアスは真っ向から不満を述べた。それは貴族社会への反発と言ってもいい。

実際、デルデアスの後ろにいる兵士が慌てている。

「俺は必ずお前を救う！　この不当な罪、ルゴルド家の嫡子《ちゃくし》たる俺は認めない！」

デルデアスは拳を胸に当てて高らかに宣言した。

彼はきっと本気なのだろう。決意が言葉の端々から感じられる。

「――っ！」

ボシは感銘《かんめい》を受けているようで、始終泣き声しか聞こえなかった。

立場上デルデアスを咎めるわけにもいかないのか、兵士は耳を塞いで聞かないことにしたらしい。

クーデターのような話と関わり合いにはなりたくなかったのだろう。

その後デルデアスは去り、ボシは一晩中泣き続けた。

兵士が惰眠《だみん》を貪《むさぼ》ったところを見計らって、俺はデルデアスから渡された紙を見た。

『シリア嬢の結婚式が明後日に決まったらしい。――』

最初の文を見ただけで、俺はこの牢屋から抜け出す決意を固めた。

文章には続きがあり、ここを抜け出す手段についても書かれていた。

本来であればさっさと強行突破したいところだが、俺はデルデアスが指定したタイミングを待つためにひとまず寝ることにした。


朝――といっても俺の体内時計での感覚だが――物音が聞こえて、俺は鉄格子の外に目を向けた。

向かい側の牢屋を五人の騎士風の男たちが囲んでいた。

泣き疲れて眠っていたボシを、四人の騎士たちが抱えるようにして連れて行ってしまった。

そして、一人残った騎士は――

「ヒスイさんですね？」

デルデアスの計画通り、俺を連れ出す人物のようだった。

◆

俺はデルデアスの家の大きな客間に連れていかれた。

何十人も座れそうなテーブルと、豪華な椅子、白銀の食器や茶器が目を引く。

「ここでお待ちください」

牢屋から俺を連れ出した騎士が一礼して部屋から去っていった。

適当な椅子に座って待っていると、動きやすそうな部屋着に身を包んだデルデアスがやって来た。

「予定通りだな」

デルデアスはあくどい笑みを浮かべながら、俺の向かいの椅子に腰を下ろす。

「ああ、助かった」

「さて、シリア嬢について、計画を詳しく話そう」

「その前に一ついいか？」

俺はデルデアスの機嫌を損《そこ》ねるのも承知で、話を遮った。

「なんだ？」

「どうして俺にここまで肩入れする？」

「簡単なことだ。今回の婚約にはあまりにも不可解な点が多い」

「それは紙に書いてあったな。だが、俺を助ける理由にはならない」

デルデアスは少し間を空けて答えた。

「正直に言えば、俺はあまりシリア嬢とは関わりがない。だから、今回の件はお前がいなければ放置していたと思う」

「そこまでして俺に恩を着せたいのか？」

「最初はそのつもりだった。だが、俺も手を尽していろいろと調べたところ、シルベラ公爵が最近奇妙な言動をしていると分かった」

「洗脳された、ってことだろ？」

俺がそう言うと、デルデアスの眉がぴくりと動いた。

「その通りだ。国家の重鎮《じゅうちん》たる公爵が何者かに操られているとは、見過ごせない事態だ。だから俺はお前を牢屋から出したんだよ」

「ん、つまり？」

「依頼がある。冒険者ギルドのSランクで、闇魔法の使い手――ヒスイに」

デルデアスが俺を正面から見据える。

「驚くほどではないだろう。お前を直《じか》に見るチャンスは少ないとはいえ、名前はかなり広まっているんだからな」

デルデアスが補足するように言った。

どうやら彼は俺のことを詳しく知っていたらしい。それこそ、名前だけではなく俺の容姿も含めて。

「では、依頼内容だ。公爵を洗脳した犯人を無力化した状態で、俺のもとへ連れてきてくれ」

デルデアスが大きく頑丈そうなテーブルを人差し指で叩いた。

洗脳した犯人はもう誰だか分かっている。

そして、そいつを無力化して捕まえることくらい容易《たやす》いことだ。

だが――

「ダメだな、すでに先約がある」

ギルティアスの人間の身柄をギルドに引き渡す依頼を、すでに受けてしまっている。

牢屋から出してもらった恩があるとはいえ、デルデアスの依頼を受けることはできない。

「……そうか」

腕を組んで椅子に深く座るデルデアスは苦渋《くじゅう》に顔を歪めながらも、意外にあっさり引き下がった。

「だが、先約があるということは公爵の洗脳は解けるということだな？」

「たぶんな」

「それならばいい」

どうやら彼は、公爵の洗脳が解ければ過程にはこだわらないらしい。

「じゃあ、俺はもう行くぞ」

「そうしてくれ。なるべく早く頼むぞ」

デルデアスの家を後にした俺は、ギルティアスのメンバーであるヒューリアンを捕縛するため、同じ依頼を遂行中のユアに連絡をしようとした。

しかし、学校のどこを探しても姿がない。

最後に目撃されたという演習場にも足を運んだものの、影すら見つけることができなかった。

気掛かりだが、シリアの件も急を要する。

ユアのことはリゴリアに任せて、俺はシルベラ家へと向かった。

橙色《だいだい》に熟した太陽は落ち、空は暗闇に包まれていた。

目の前にある五階建ての大きな屋敷の窓からは、マジックアイテムの光源が漏れる。俺は屋敷の付近にある大きな木の上から様子を窺《うかが》っていた。

室内から楽しげな笑い声が聞こえる。

その中には、幼い頃からずっと耳にこびりついていたあの声もあった。

エルダン・シルベラ。

シリアの父だ。俺の元父親でもある。

さして特徴がある声というわけでもないのに、十年近く経ってもすぐに分かった。どうやら俺はとことんエルダンが嫌いみたいだ。

室内からは――

『ご結婚おめでとうございます』

『これで公爵家も安泰《あんたい》ですな！』

といった声が漏れ聞こえてくる。

どの声も、祝っているのは上辺だけで、隠しきれぬお世辞《せじ》の色が窺える。

一介の教師ごときに一人娘を嫁《とつ》がせるなんて……というのが本音《ほんね》じゃないだろうか。

まぁ、彼らの会話はどうでもいい。今はヒューリアンだ。

結婚式は明日、この屋敷で執《と》り行われる予定だが、遠方の賓客《ひんきゃく》は前日から屋敷に宿泊することになっているらしい。

ヒューリアンも彼らに挨拶をしないわけにはいかないので、屋敷のどこかにいるはずだ。

しらみ潰しに探そうかと思っていると、俺がいる木の下から何者かの気配を感じた。

巡回している屋敷の衛兵みたいだ。

ちょうどいい。

俺は木から飛び降り、槍で武装した衛兵の背後に高速で移動する。彼が抵抗する間もなく一瞬で組み伏せ、首に人差し指を当てる。

「おかしな真似をしたらこの指が刃物に変わるぞ」

「ひ、ひぃっ……！」

実力差は分かってくれたみたいだ。

衛兵は口を両手で押さえて必死に悲鳴を堪《こら》えながら、何度も首を縦に動かしている。

「ヒューリアンを知っているな？」

「は、はい」

「今どこにいる？」

「おそらく三階のシリア様の部屋かと……」

「シリアの部屋にいるのか。本当だな？」

「……もちろんです……」

衛兵がやけにあっさり喋るので、俺はつい聞き返してしまった。

かなり怪しかったが、他に手がかりがない以上、まずはそこから当たってみるのが妥当だろう。

騒がれないように、手刀で衛兵を気絶させ、俺は曖昧《あいまい》な記憶を頼りにシリアの部屋に向かった。

◆

屋敷内部の警備はなかなか厳重だった。

皆特別に雇い入れた傭兵《ようへい》らしく、外にいた衛兵とは比較にならないほど実戦慣れした強者《つわもの》ばかり。

人数も多く、一人一人相手してはかなり面倒だ。

ほどんどの兵はやり過ごして、シリアの部屋の前に辿り着いた。

部屋の前にも全身鎧を着込んだ重武装の男がいたが、そいつは音を立てないようにそっと気絶させておいた。

扉を二回軽くノックする。返事はない。

足元にある扉の隙間を確認見下ろしたところ、明かりはなく、部屋の中は暗いようだ。

「シリア！」

嫌な予感がして、扉を強引に開ける。

少女が一人で使うには大きすぎるくらいの大きな部屋に、重厚な調度の数々。だが、部屋は真っ暗で、ベッドも、クローゼットも、鏡台も、勉強机も、シルエットしか分からない。

人の気配は二つ。

いずれも部屋の中央にある。

口元を歪めて俺を睨んでいるのはヒューリアン。腰に帯びたレイピアが廊下から漏れるわずかな光を鈍く反射している。

そして、彼の足元にはピンク色の寝間着《ねまき》姿の少女が床に倒れていた。

「やれやれ、やっぱり来たんだねぇ？」

「ヒューリアン、貴様シリアに何をした？」

「んー、強いて言うなら、何もしてないかな。彼女が倒れるようなことをしたのは僕じゃない」

「この部屋にお前以外の誰がいるんだよ」

「君と倒れている彼女かな？」

「チッ……戯言《ざれごと》を！」

ヒューリアンはどこまでもふざけている。

天井に顔を向けているシリアの寝間着は薄手で、暗くても体の起伏がよく分かる。

俺は無言で黒靄《ブラウ》を発動した。

この暗闇だ。ヒューリアンには俺の魔法が見えていないだろう。

「ヒューリアン、確認しておく」

もはや確認するまでもないことだが、一応自白を取っておくか。

「お前はギルティアスのメンバーだな？」

ヒューリアンの肩が小刻みに上下し、やがて彼は腹を抱えて笑い出した。

「ぷっ！　ははっ！」

あまりに可笑《おか》しかったのだろうか、溜まった涙を指で拭き取っている。

「今更それを聞くのかぁ。まぁいいや。そうだね、僕はギルティアスのメンバーさ。正解だ。誰から聞いたんだい？　もしかしてボシ君かな？」

「答える必要はないな」

「ひどいなぁ。僕はちゃんと君の質問に答えてあげたのに」

これ以上の会話は必要ない。俺はそう判断して足に力を込めた。

しかし、黒靄《ブラウ》を使っているとは考えにくいほど力が入らない。

どういうことだ。

「おっと、魔法を使おうとしたのかなぁ？」

俺の心を読んだかのようにヒューリアンが言った。

そして俺は今さら気づいた。魔法が解けていることに。

「……何をした？」

「答える必要はないねぇ？」

安い挑発だが、あえて俺は乗ることにした。

黒靄《ブラウ》を使うまでもなく、素《す》の肉体だけでヒューリアンを無力化できる。

もう一度足に力を入れる……今度は違和感がない。

「おっと、近づくなよぉ？」

ヒューリアンがいつの間にか手にしていたレイピアを、シリアの顔に近づけた。

「あと少しでシリアさんの可愛い顔に穴が開いちゃうよ」

「てめぇ……！」

「はっはっ！　魔法がなければ、その距離から僕の頬に一撃入れる速さはないのかぁ。残念だったねぇ？」

イライラさせられるヒューリアンの言葉。だが正解だ。

シリアが人質に取られている以上、俺は自由に動けない。

「さて、ここで昔話をしようか。ヒスイ君」

唐突に雰囲気《ふんいき》を変えたヒューリアンの冷たい声が、俺の思考を中断させた。

「かつて、僕には兄弟がいた」

そう語るヒューリアンの表情は、初めて見る真剣さを帯びていた。

「幼い頃から、僕と兄はギルティアスの一員として活動していた――」

それからヒューリアンが語った思い出話は、どれも俺には関係ないものだった。

郵 便 は が き

1 5 0 8 7 0 1

料金受取人払郵便

渋谷局承認

9400

0 3 9

差出有効期間
平成30年10月
14日まで

東京都渋谷区恵比寿4－20－3
恵比寿ガーデンプレイスタワー5F
恵比寿ガーデンプレイス郵便局
私書箱第5057号

株式会社アルファポリス
編集部 行

お名前	
ご住所 〒 TEL	

※ご記入頂いた個人情報は上記編集部からのお知らせ及びアンケートの集計目的以外には使用いたしません。

アルファポリス　http://www.alphapolis.co.jp

ご愛読誠にありがとうございます。

読者カード

●ご購入作品名

●この本をどこでお知りになりましたか？

年齢　　歳　　　　性別　　男・女

ご職業　1.学生（大・高・中・小・その他）　2.会社員　3.公務員
4.教員　5.会社経営　6.自営業　7.主婦　8.その他（　　　）

●ご意見、ご感想などありましたら、是非お聞かせ下さい。

●ご感想を広告等、書籍のPRに使わせていただいてもよろしいですか？
※ご使用させて頂く場合は、文章を省略・編集させて頂くことがございます。
（実名で可・匿名で可・不可）

●ご協力ありがとうございました。今後の参考にさせていただきます。

やっと兄は戦闘が得意で前線に出る部隊に所属していた、だとか。

両親がギルティアスの生贄に選ばれた時は何も感じなかった。それどころか彼らは両親の首を進んで切り落とした、とか。

スラムの人間を百人ほど虐殺したこともあったらしい。

どれも、彼の心が腐っていることを証明する話だった。

でも、聞けば聞くほどヒューリアンの意図が分からなくなっていく。なぜ彼は長々とこんな話をするのか……

しかしそれは、彼の顔つきが、狂気に染まった笑みに変わった時に明らかになった。

「ある日のことだ。兄が殺されたという報告を受けたんだよねぇ」

ヒューリアンが放った異様なプレッシャーに戦慄《せんりつ》を覚えた。

彼はこの話を俺に聞かせたかったのだ。

ヒューリアンの殺気に対して俺は戦闘準備をしようとするが、レイピアを向けられたシリアを見ると何もできない。

「兄の実力は僕以上だったからねぇ。冒険者ギルドのAランクを狩ったこともあったんだよ」

「なに……？」

「ははっ！　それほどの兄が殺されたんだ。どんなやつが殺《や》ったのか、気になるのも当然だよねぇ？」

不用意な言動でやつを刺激するとシリアの身に危害を加える可能性があるため、俺は無言で続きを促す。

「なんと！　Bランクの幼い少年だったんだよ！」

ヒューリアンが一瞬だけ妙に芝居《しばい》がかった仕草で手を上げる。だが、シリアを奪還するほどの隙にはならなかった。

「まだ分からないのかぁ……」

やつが怒っているのが雰囲気から見て取れる。

だが同時にヒューリアンの笑みは深い。それこそ、本当に愉快な話をしているかのようだ。

心で怒り、顔は笑っている——ヒューリアンの言動は理解しがたい。

「君、なんだよ。その少年はさぁ」

あまりにできすぎた偶然に、一瞬寒気を感じた。

そうだ、俺もユアに言ったじゃないか。

『俺がBランクの冒険者だった頃、ギルティアスのメンバーを殺した』と。

おそらく、その五人のうちの一人がヒューリアンの兄だったんだ。

「ははっ。思い出してくれたみたいだねぇ？」

薄気味悪い笑顔。

ああ、初めて会った時にも感じたじゃないか。この男が誰かに似ていると。

そうだよ。

なんで俺は忘れていたんだ、あの強烈な思い出を。

――俺の前には五つの死体がある。

死体の中には首がないものも交じっていた。俺が刎《は》ね飛ばしたのだ。

戦闘の興奮から醒《さ》めた俺は、その頭が落ちているであろう場所を何気《なにげ》なく見た。

そこで、俺の心臓がドクンと跳ねた。

獲物を狙うライオンのように目を細めながら、愉悦《ゆえつ》で三日月に口元を歪めたまま固まる顔――胴体から切り離されたソレと目が合ったのだ。

その顔の異様さだけは、しばらく忘れられなかった。

そしてそれはまさしく、今対面しているヒューリアンに似ていた。

「ははっ！　ははっ！」

異様なほどに興奮して、笑いが堪えきれない様子のヒューリアン。

「……何がそんなに面白いんだよ、お前」

「いやさぁ、ははっ！　自分でもよく分からないんだよねぇ、はははっ！」

壊れている。

ヒューリアンを見て、純粋にそう思った。

いつまでもこんな会話を続けていたら、シリアの身が危ない。なんとかして救出の方法を考えなくてはいけない。

「ははは っ！　ところでさぁ、なんで僕がこんな話をしたと思う？」

嫌な汗が流れた。

ヒューリアンの視線がシリアに向かったからだ。

「僕にとって兄は大切な人だったんだよ。なんでだろうねぇ、親すらどうでもいいと感じていたのに」

レイピアの切っ先がシリアの顔のすぐ近くで円を描く。

「まぁとにかくさ、ヒスイ君にもこの思いを知ってほしいんだ。ははっ」

「――ッ！　やめろぉぉ！」

ヒューリアンの意図が分かった俺は咄嗟《とっさ》に叫んだ。

彼がレイピアを握る手に力を込めた。その時――

「大声を出して、何をしている!?」

俺の後方で扉が大きく開かれ、そこからこの家の当主、俺の元父親であるエルダンの声が聞こえた。

普段ならばその接近に気づいているところだが、ヒューリアンに集中するあまり、すっかり見過ごしていた。それは、自らの話に酔っていた目の前の男も同じ。

俺は、虚を突かれてレイピアを振りかざしたまま止まっているヒューリアンに向かって突撃する。

「お前はどけ」

前と同じく、頬に思いっきり拳を叩き込んだ。

「ぐああぁぁッ!!」

叫び声をあげて吹き飛んだヒューリアンが壁に大穴を開ける。

折れた歯や血が床に飛び散る音が生々しい。

持っていたレイピアを床に落とし、ぐったりするヒューリアン。

「な、何をやっている!?」

ようやく事態の異常さを理解したエルダンが声を荒らげる。

俺は振り返って久しぶりに親の顔を見た。

「エルダンか、お前のおかげでシリアが助かった。ま、そうは言っても、元凶はお前だけどな」

「ヒ、ヒスイか……？　何を言っている……ここで何をしていた？」

エルダンは幽霊《ゆうれい》を見るような顔で立ち尽くす。失礼なやつだな。

「ああ、十年ぶりくらいだな。元気そうで悲しいよ、元父さん」

「き、貴様……！」

「そう鼻息を荒くするなって。威厳ある顔が台無しだぜ？」

「ちぃッ。ヒューリアン殿をこんな目に遭《あ》わせて、どういうつもりだ！」

「ギルティアス関係者だという疑惑があるヒューリアンを捕まえに来たんだよ。それと――」

俺はそこまで言って、足元で寝転んでいるシリアを抱き上げた。

「――妹の幸せを取り戻しに来た」

「なっ⁉」

一歩後ずさる元父。

エルダンの後ろから騒ぎを聞きつけた人が続々と集まってきた。衛兵だけではない、今回の結婚式に出席すると思しきやつらも多数見受けられる。

面倒臭くなりそうだが、まぁ、あとはヒューリアンを捕縛すれば任務の一部は完了だ。

「む……にゃ……お兄しゃま？」

シリアが眠そうな瞼《まぶた》を擦る。

騒ぎすぎてしまったか……

「ん、シリアか。起こしちゃったな。すまん」

「……ふぇ？　お、お兄しゃま⁉」

ろれつが回っていないあたり、シリアは混乱しているようだ。

それがどこか幼い頃の彼女に似ていて、俺の顔は自然とほころんでしまう。

「やっぱり可愛いな、シリア」

「か、可愛いだなんてっ！」

つい口に出してしまった呟きに、シリアは顔を真っ赤に染めて、あわあわと両手を振る。

照れまくるシリアに構ってやりたいのは山々だが、さっさとヒューリアンを捕縛してリゴリアに引き渡さなければならない。

そう思い、ヒューリアンが吹き飛んだ方向を見るが……誰もいない。

「どこを見ているんだい、ヒスイ君？」

余裕のある声が聞こえた。

そちらを振り向くと、驚愕に顔を染めているエルダンの側《そば》に、ヒューリアンがいつもの笑顔を貼り付けて立っていた。

歯も鼻も折れていないし、一滴の血も出ている様子はない。

なぜだ。

「どうして？　とでも言いたそうな顔だねぇ。答えてあげないけどねぇ。ははは っ！」

ヒューリアンが笑うと、同時に彼の背後から武装した男たちが現れた。

全員、この屋敷の警備に当たっている傭兵たちだ。いいや、彼らが醸《かも》し出す雰囲気はもはや単なる傭兵のそれとは違う。

光のない虚《うつ》ろな目からは理性をまるで感じない。おそらくこれは、洗脳されている。

「さぁ行けぇ！　ヒスイを殺せぇ！」

ヒューリアンが男たちに命令した。

同時に、相当の手練れと思しきやつらが突撃してきた。

顔に大きな傷がある巨漢が、体相応に大きな剣を俺めがけて振り下ろした。

「お、お兄さまっ！」

びゅんっと風を切る音に混じって、悲鳴が聞こえる。

「大丈夫だ。安心しろ」

俺に抱えられて身動きが取れないシリアは不安なのだろう。

しかし、体重の軽い彼女を抱えている程度で大男の攻撃を避けられない俺ではない。

なぜか魔法は使用できないので、刃を右に避けて男の腹に蹴りを一撃。

「ぐはぁっ！」

男は悶絶《もんぜつ》しながら吹き飛んでいった。

「覚悟！」

続けてナイフを持った細身の男二人が、左右から同時に躍りかかってきた。

俺は右と左から迫る攻撃をギリギリまで引きつける。

命中を確信した男二人の顔に一瞬の油断が走った。

俺はシリアを庇いながら素早くしゃがんでナイフを避ける。

「な!?」

互いのナイフで腕を傷つけ合った二人の足をまとめて払い、倒れたところに踵《かかと》を落とす。

これで三人を仕留めた。

残りの二人は後方に控えて動こうとしない。

洗脳されているやつらにどれほどの感情が残っているかは不明だが、戦闘の玄人《くろうと》らしき彼らは、シリアという枷《かせ》がありながらも三人を圧倒した俺の実力を見て、本能的に恐怖を覚えているのだろう。

「なんだ？　足が震えて動けないか？」

効果があるかどうかはともかくとして、安い挑発で煽《あお》ってみる。

それを合図に、残り二人も俺に突撃してきた。

一人は白銀の長剣。

もう一人は左右に同じ大きさの剣を持つ二刀流。

ろくな連携をしていない二人は、それぞれ闇雲《やみくも》に攻めているだけだ。

動きもキレがなく、まるで落下する花びらのように遅く見える。

「甘《あめ》ぇよ、カスどもが」

白銀の剣を持つ男の腹を左足で蹴り上げる。

その瞬間を狙ってもう一人の男が、俺の首に剣を振るう。だが、こんなものは隙でもなんでもない。俺は蹴り上げた足を振り抜いて右回転。そのまま横腹に回し蹴りを叩き込む。

二人の男が吹き飛んだ。

「どうした、ヒューリアン。これだけか？」

ヒューリアンには焦った様子はなく、あっさり片付いてしまった男たちを一瞥して、なおも堂々とエルダンの隣に立っている。

「ブラボー、ブラボー！　魔法を封じたのにこの実力とはねぇ。参った、参った」

ヒューリアンは他人事《ひとごと》のようにそう言って手を叩く。

「なら大人しく降参しろ」

「ははっ。僕はまだ捕まりたくないねぇ！」

「それなら……」

俺はヒューリアンを捕縛するため、一旦抱えていたシリアを下ろして床に立たせた。

「あっ。お兄さま、もう少し……」

「ん？」

「――い、いえっ！」

俺が下ろした瞬間にシリアが何か言いかけたが、今はそれよりもヒューリアンだ。

一気に終わらせるとしよう。

ついでに、まだ混乱している様子のエルダンを一発殴るかな。

「まぁ待ってよ、ヒスイ君」

俺が動こうとした刹那《せつな》、ヒューリアンが両手を開いた状態で体の前に突き出した。

「なぜ君はシリアさんを奪還しようとする？」

「あ？」

つい動きを止めてしまった。

何かの策略だろうか。だが、ヒューリアンはどうも本気で疑問を抱いているように見える。

「いや、シリアさんに恋をしていたとしても、普通ここまでするかい？　公爵家の婚約をご破算にしてしまうレベルのことをさぁ。なんの関係もないのにすごいよ」

以前、メシャフが俺のことを「シスコン」と茶化したことがあった。

その時はシリアが俺との関係を教師たちに公《おおやけ》にしているのかとも思った。しかし、どうやらヒューリアンは知らないようだ。

「そのことなら――」

そこまで言いかけて俺は止めた。

洗脳されたらしき傭兵たちを上回る、紛れもない強者の気配をヒューリアンの後ろから感じたからだ。

そして俺はこの気配を知っている。

「もう～、こんなに暴れたら騎士団が来ちゃうじゃないですか～。ここで狼藉者《ろうぜき》としてヒスイ君を仕留めておかないと、後で大変ですよ～？」

緩く語尾を伸ばす女の声。

ヒューリアンはおどけた様子で応じる。

「あれれ？　もしかして、僕ってば余計なことをしちゃった？」

「少しは罪悪感を持ってくださいよ～」

「あはは。ごめん、ごめん」

「まあ～、学校で騒ぎを起こすよりはマシですけどね～」

ヒューリアン同様に常に笑みを浮かべているが、彼と決定的に異なるのは、それが癒されるような笑顔ということだ。

俺は驚きとともに、その茶色い髪の女の名前を口にした。

「あんたもギルティアスメンバーだったのか、メシャフ」

入学時に俺と模擬戦をした女教師であり、王位クラスの魔法を放てる実力者だ。

俺の反応を見て、メシャフの笑みが深まる。

「ええ～。まだ騙《だま》していたかったのですけど残念です～」

「じゃあ～、行きますよ～」

メシャフは右腕に雷属性の鋭く光る魔法を纏う。

俺は未だに魔法を使えない状態だ。何度も闇玉《ダルフ》を使おうとしているが、一向に発動しない。

俺の後ろにいるシリアも魔力を練っているが、上手くいかないみたいだ。

「チッ」

現状に苛立ち、思わず舌打ちしてしまう。

「ま、待て！　シリアがいるんだぞっ！」

エルダンが悲痛な叫びをあげた。

洗脳されている者がギルティアスのメンバーに逆らうとは、異常な光景だ。

もしかするとエルダンの洗脳は不完全だったのかもしれない。

そんなエルダンに、ヒューリアンは無慈悲に言い放った。

「ははっ！　なるべく傷つかないようにするから、黙っていてよ！」

「そうです、そうです～。黙っていてくださいな～」

メシャフが右腕を振りかぶると、剣の形をした無数の雷がメシャフの周りに出現した。

「雷剣《ジルド》～」

中位に位置する魔法だろうか。なかなか厄介そうだ。

その光を反射したヒューリアンのレイピアが輝く。

それにしても、先ほどからヒューリアンは魔法を使う様子を見せない。彼も魔法を使えないのなら好都合というものだが。

そんなことを思っていると、膨大な魔力が部屋を満たした。

「おっ、やっと回復が来たか」

ヒューリアンが真っ先に反応した。

その言葉が意味する通り、さっき俺が倒した傭兵たちが起き上がってきた。

なるほど、傷を瞬時に回復するマジックアイテムでも使っているのか。

どうせなら戦闘服を着てくるべきだったな。学園の制服だとポケットに常備させている黒刀がないので、接近戦は不利だ。

まぁ、それでも負ける気はしないけどな。

無表情のまま平然と起き上がってきた傭兵たちが俺に迫る。

「覚悟してください～」

シリアを守りながらそいつらを次々と殴り飛ばしていると、メシャフが傭兵もろとも俺を吹き飛ばそうと雷剣《ジルド》を放ってくる。

さらにヒューリアンがレイピアで追い打ち。

俺は攻撃をかいくぐって、隙があったヒューリアンの腹を一発殴る。

「くぅ……はは っ！」

苦痛の呻《うめ》き声を漏らしながらも、ヒューリアンは笑顔を崩さない。その異様さは人の皮を被った別の生き物のようで、本能的に恐怖を覚える。

そして再びヒューリアンのレイピアが動き出す。

速い！

「あはははっ！」

まるでレイピアそのものが生きているとすら錯覚《さっかく》する。

俺はそれらの攻撃を避けながら、隙ができれば素手《すで》で打撃を加えていった。

その度にヒューリアンは地面に倒れ……そして必ず起き上がる。

「いやぁ、回復って便利だねぇ！　どうだい、何度倒しても起き上がってくる敵は？」

またしても回復した傭兵たちとヒューリアンに囲まれた。

「そろそろスタミナ切れするかもしれねーなっ！」

愚痴《ぐち》をこぼしながら近づいてきた男を倒す。

ヒューリアンはそんな俺の姿を見て楽しそうに口元を歪める。

何か策を講じなければ、いずれシリアを守り切れずにやられてしまう。そう思って振り返ったところ……

あれ、シリアがいない。

さっきまで後ろにいたはずのシリアが、いつの間にか姿を消していた。

辺りを見回すと……

シリアはどこからか持ち出した剣を、魔法を放つ瞬間のメシャフに振るっていた。

「いつの間にいたんですか～!?」

「最初から狙っていたのよっ！」

殺すのも辞さないつもりなのだろう。シリアはメシャフの左胸を躊躇なく突いた。

その瞬間、メシャフが形成していた魔法は霧散する。

しかし、パキンと何かが砕ける甲高い音がしただけで、メシャフが傷つくことはなかった。

「危なかったです～」

事なきを得たメシャフは一旦後退してシリアと距離を取る。

「あと少しだったのに……！」

警戒しているからか、シリアは深追いすることなく、メシャフの次の行動を待った。

俺はそんな彼女たちを見ながら、迫ってくる傭兵とヒューリアンを殴ってあしらい続ける。

そして、あることに気づいた。

「魔法が使える……？」

魔力を練ることができる。

試しに闇玉《ダルフ》を三つ作ってみたところ、黒色の玉がふわりと浮かんだ。

「あれあれ～？」

メシャフが先ほど左胸の付近を触って首を傾げた。

「魔法封じのマジックアイテム、壊れちゃったみたいですね～。てへっ～！」

メシャフが頭を拳でコツンと叩いて舌を出す。

どうやらシリアのおかげで魔法が使えるようになったみたいだ。

「シリアよくやった！」

「あ、ありがとうございます！」

剣を中段に構えているシリアに呼びかけると、すぐに嬉しそうな返事があった。

しかし、それと同時に不快な声も俺の耳に届いた。

「ははっ！　あまり喜ぶなよ！　僕たちにはまだ回復のマジックアイテムがあるんだよ！」

「魔法が使えればそんな物関係ねぇな」

俺は黒靄《ブラウ》を纏い、さらに闇玉《ダルフ》を七つ追加し、瞬時に戦闘の準備を終わらせた。

「どうせ、回復する時間すらも与えないからな」

「やばいですね～！」

メシャフは戦闘状態にあるシリアから視線を外し、俺に注目した。

それに応えるようにヒューリアンの笑みが深くなった。

洗脳されているはずの傭兵たちも、心なしか警戒の念がさらに強くなった気がする。

「無駄だ。もう遅い」

シリアを守るように二つの闇玉《ダルフ》で囲み、もう一つは俺の右肩近くに浮かせたままに。残りの七つは傭兵と、メシャフ、ヒューリアンに向けて飛ばす。

「雷剣《ジルド》～！」

メシャフは雷の剣を七つ作って、闇玉《ダルフ》を迎撃する形で放つ。

しかし――

「言っただろ。無駄だって」

俺の闇玉《ダルフ》は雷剣《ジルド》をあっさり潰して、目標七人の近くで爆発した。

俺とシリアはそれぞれの手元に残しておいた闇玉《ダルフ》を盾にして爆発の被害から身を守る。

「ぐあぁぁ！」

ヒューリアンたちとは別の悲鳴が響く。

あ、エルダンを忘れていた。

爆発に巻き込まれて吹き飛んだようだ。

まぁ、死なない程度に加減はしてあるし、あいつはどうなってもいいか。

家具が散乱した部屋をぐるりと見回し、倒れ伏しているやつらを確認する。

起き上がってこないということは、回復のマジックアイテムは使用されていないということだ。

闇玉《ダルフ》の爆発に巻き込まれて壊れたらしい。

「お兄さまっ！」

「うぉうっふ」

シリアが俺の胸に飛び込んできた。

暗くて顔がよく見えないが、体の色々な柔らかい部分が当たっている。

おそらく俺を見上げているのだろう。息が顎にかかる……。うむ。

「ありがとうございます……ありがとうございます……」

シリアが過剰な態度で俺に礼を言う。

さっきまでは――状況の割には――まともに見えていたんだけど……

「どうしたんだよ？」

「私、眠らされる前にあの女の人に言われたんです……『あなたを洗脳してギルティアスに貢献させるんです』って……」

シリアが倒れているメシャフを指さしながら言った。

「そうだったのか……よく頑張ったな……」

俺はシリアの頭を撫でながら、もう片方の手で抱きしめた。

久しぶりだ。

シリアを抱きしめる手に力を込める。

その時、扉の方から物音が――何者か動く気配があった。

まじかよ、闇玉《ダルフ》を喰らってまだ起き上がれるやつがいるのか……！

「シリアぁッ！　父のもとに来なさい！」

一番傷が浅いエルダンかよ。警戒して損した。

シリアにはエルダンの声が聞こえていないのか、俺の胸に顔を埋めたままだ。

そのことに腹を立てたらしいエルダンが、こちらに近づいてくる。

「シリアぁ！」

もう一発だけ闇玉《ダルフ》をぶち込んでおこうかと考えたその時、廊下から武装していると思しき大人数の足音が近づいてきた。

エルダンもこれに気づいたようで、慌てた様子で振り返った。

「我らは第三騎士団だ！　ギルティアスのメンバーが暴れているとのことで参った！」

代表らしき男の大声とともに、騎士団が室内になだれ込んだ。

「遅《おせ》ぇーよ」

もっと愚痴ってやりたかったが、その男に睨まれたため、自重《じちょう》しておいた。

「それで、誰がギルティアスのメンバーかね？」

「倒れているやつら全員だよ。いや、ゴツい男たちはメンバーというよりも、単に洗脳されているだけみたいだったが」

「ふむ。ひとまず全員を捕縛するとしよう。貴様たちからも話を聞くが、構わないな？」

「今は休ませてくれ。疲れているんだ」

高圧的な態度にイライラするが、今日はもう面倒だから戦いたくない。

シリアを連れて家に帰りたい。

そんな俺たちの疲労などお構いなしに、肩を怒らせて歩く騎士団の男はシリアの腕を掴もうとする。

「来るんだ！」

「おいお前、いい加減にしろよ？」

俺は全身に魔力を充溢《じゅういつ》させながら男に言う。

「言っただろ、疲れてんだよ。話ならそこのエルダンに聞け」

「き、貴様っ！」

男は一歩後ずさりながらも強硬な態度を崩そうとしない。

「俺はギルドのSランク冒険者、ヒスイだ。話なら後日にしろ」

「――なっ、ギルドの⁉」

ギルドの名は偉大だな。

あっさり退いてくれた。

騎士団の男はバツが悪そうに踵《きびす》を返すと、配下に命じて七人を連れて帰った。

俺はさっきから反応がないシリアに言う。

「シリア、今日はとりあえず俺の家に来るか？」

こんなことになった以上、シルベラ家を信頼できない。

いや、元々信頼なんかしていないが、今やそれは決定的に失墜《しっつい》している。

「……」

シリアから返事がない。

もしかして、嫌だったのだろうか。いや、これは……

「……くぅー……くぅー……」

耳を澄ますと、小さな寝息が聞こえてきた。立ったまま眠っているのか。

俺はシリアを起こさないように小さく笑うと、何やら喚くエルダンを無視してシリアを家に連れ帰った。

5

朝だ。

窓から差し込む陽の光を浴びながらそう思った。

上半身を起こすと、いつもとは違う景色に違和感を覚えた。

そういえば、昨日はリビングのソファーで寝たんだ。俺の代わりにシリアをベッドに寝かせて……

「あっ、お兄さま……？」

腰まである金髪に寝癖《ねぐせ》をつけたシリアが起き上がり、眠たそうに目を擦る。

目の前に俺がいることが不思議そうだ。

「おはよう。昨日はお疲れ様」

「おはようございます……あ、昨日。そうでした……」

昨晩の出来事を思い出した彼女は、ぼそぼそと独り言をこぼした。

それでも、なぜ俺がいるのかは分からないようだ。

当たり前か、あの戦闘が終わってシリアは寝ていたのだから。

「あの後、お前を俺の家に連れて帰ったんだよ。残しておくと面倒だったからな」

「そうだったんですか……。その、ありがとうございました」

「そんなに遠慮するな。当然のことだからな」

「当然、ですか……」

俺が何気なく言った言葉に、シリアは俯きがちに反応した。

表情が見えないから何を考えているかは分からない。

「どうしたよ？」

「……い、いえ、なんでもないです」

「なんだよ。気になるじゃないか」

「あの……ですね」

シリアが両手を丸めて、意を決したように顔をあげた。

「私だけ〝お兄さま〟って呼んで、お兄さまが私のことを〝妹〟って言わないのは不公平じゃないですか!?」

「……ん……？」

つまり、どういうことだ？

疑問が顔に出ていたのだろうか、シリアが小ぶりな口を精一杯開いて抗議した。

「ずっと、ずっとお兄さまって呼んでいたんですよ！　気づいていなかったのですか!?」

「いや、気づいてたけど……」

「ならどうして私のことを妹って呼んでくれないんですか!?」

「いや、普通は〝妹〟って呼ばないだろ」

「ううっ……た、確かにそうですけどっ！」

まぁ、昨夜の一件から、シリアが俺のことをずっと兄だと呼んでいることは知っていた。

だが、俺の方はいつまで経ってもシリアが妹だとは思えなかった。いや、そう思いたいのだが、家族だという実感が伴わないのだ。

「すまん。……俺の家族はギルドのみんなだけだ」

ギルドのメンバーは家族。

まだ幼い頃、俺を救ってくれた白髪《はくはつ》の女の言葉が脳裏をよぎる。

『家族がいない？　なら今日からギルドのあたいたちが家族だ！』

ギルドのメンバーだったその女性が俺を救ってくれなければ、俺は死んでいただろう。

それ以来、俺にとってはギルドの仲間たちが家族……シリアより近しく感じるのかもしれない。

「そ……そんな……」

やはりショックなのか、シリアは瞳に涙を溜めて俯いてしまった。

嫌われたのだろうか。

だが、言い訳はしたくない。

俺はシリアに対してなるべく真摯《しんし》に向き合いたいと考えている。

だから俺はシリアが納得するまで待つことにした。

しかし、そのタイミングは意外にも早く訪れた。

シリアは勢いよく顔を上げた。

「ならギルドに入りますっ！」

「あぁ……ん？」

「私もギルドに入って、お兄さまの正式な妹になります！」

「待て。加入するつもりなのか？」

「はいっ！」

「ギルドに？」

「はいっ！」

……マジかよ。

そもそも正式な妹ってなんだ。血筋的にはシリアこそがその正式な妹なのだが……

「どうですかっ？　いい案じゃないでしょうか!?」

目をキラキラ輝かせたシリアが俺を見る。

まるで褒めてほしい子供のようだ。

「で、でもな……」

「うぅ……ご迷惑だったでしょうか……？」

「い、いや、そういうことじゃないんだが……」

ギルド加入を反対する理由はない。それでも、俺はいつまでも答えられなかった。

いや、よく考えれば、シリアは俺に許可を得なくても、ギルドに直接行けば加入できてしまうのだが……

「ダメでしょうか……？」

シリアの瞳が再び涙で潤《うる》みはじめた。

くーっ！
ダ、ダメだ。これ以上、拒否することはできない……
「い、いい考えだと思うぞ」

「本当ですか!?　ありがとうございます！」

俺が渋々許可すると、シリアの笑顔が弾けた。

「お、おう。……精進しろよ」

「はいっ！」

シリアならすぐにランクを駆け上がるだろうな。

確か魔法適性は三つもあるはずだし、メシャフに加えた剣の一撃も目を見張るものがあった。

もしかすると俺以上に……いや、喜ばしいことじゃないか。

それにしても、もう一人の有望株のユアはどうしたんだ？

姿を見かけないからリゴリアに任せていたのだが、どこをほっつき歩いているのやら。

Aランクのあいつに万が一の事態は考えにくいが……一応、探しておくか。

そう俺が心に決めた瞬間、玄関の扉を叩く音がした。

シリアを連れてきていることもあり、俺は少しだけ用心して扉を開けた。

「誰だ——って、ユアじゃねーか。探そうと思ってたんだぞ？」

そこには、俺が探そうとしていた当人の姿があった。

「お久しぶりです。ご迷惑をおかけしたようで、申し訳ございません。少し用事で離れておりました」

「……おう、気にすんな」

何か変だ。そう思った。

真面目なユアが任務中に用事で離れていたって？

しかも、雰囲気もどこかおかしい。以前も歳相応の冷静さはあったが、今は別人のように異様なほど落ち着いている。

探りを入れてやろうか思ったが、ユアが先に口を開いた。

「リゴリア総帥が私とヒスイさんを呼んでいます」

「ん、任務の話か。了解した、すぐに行こう」

俺がそう応えると、後ろでシリアが挙手した。

「あっ、お兄さま！　私もついて行っていいですか？　冒険者登録をしたいので！」

「おお、構わねーよ。行くか」

「ヒスイさん、そちらの方は？」

シリアの声に反応したユアが、俺の後方を覗き込んだ。

「ああ、シリアだ。これからギルドに登録してもらう予定だ」

「初めまして。シリアです」

「私はユア・ミューリュッフィです。以後、よろしくお願いします」

「んじゃ、自己紹介も終わったし、行くか」

「「はい」」

扉を閉め、施錠《せじょう》して家を出る。


通りに出て振り返ると、少し遠いところから兵隊たちがこちらに向かって来るのが見えた。

兵隊の先頭には黄金の鎧を纏い、白馬に跨《また》がったエルダンの姿がある。

「シリア。家に帰ってきなさい」

正規の騎士団の武装をしていない兵――おそらく私兵――を後ろに従え、エルダンは俺の隣にいる金髪の少女の名を呼んだ。

兵の数は正確には分からないが、道幅いっぱいを埋めるほどの仰々《ぎょうぎょう》しい一行。これに驚いたのか、通行人はいつの間にか姿を消していた。

戦闘を予期した俺は、全身で魔力を練る。

「お、お父さま……」

どこか怯えた様子のシリアが呟く。

「いいか、シリア。お前はヒューリアン殿と結婚するのだ。今は言われなき罪で捕まっておるが、私が自ら交渉に行ってすぐに解放させる！」

シリアの姿を見るなり、エルダンが叫んだ。

「エルダン、今は退けよ」

「……ヒスイ、か」

エルダンの目がシリアの隣にいる俺を貫く。

どうやらエルダンはまだ洗脳が解けていないみたいだ。

洗脳したやつ――ヒューリアンかメシャフ、あるいはもう一人のギルティアスメンバーに解除させるしかないのか？

ていうか、こいつも昨日の光景を見ていたはずだ。あれを見てもまだバカみたいに洗脳され続けているとは……

だが、シリアの目の前で露骨な武力衝突は避けたい。言葉による解決を模索するしかない。洗脳されているエルダンが会話に乗るかは疑問だが……

「貴様か、犯人は……」

「は？」

「貴様かぁ！　犯人はァ!!」

「急にどうしたよ」

唐突にエルダンが大声を出した。

しかも言っていることの脈絡《みゃくらく》がなくて理解に苦しむ。

エルダンは「ふぅー……！　ふぅー……！」と息を荒らげて俺を見た。

「シリアを誘拐したなァ!?」

大真面目な顔でエルダンが俺を指差した。目が血走っている。

というか……俺がシリアを誘拐したと思っているのか？

話が飛躍《ひやく》しすぎて、エルダンの後ろの兵隊たちの数人も顔を見合わせている。

「貴様ら、戦闘準備だぁぁぁ！」

エルダンが開いた手を青空に高く掲げた。

それを合図に兵たちが各々の剣や槍を構えはじめる。しかし、中には困惑顔の者も見受けられる。

「突撃ぃぃぃぃッ――――ん!?」

エルダンが叫んだその瞬間だった。

「氷床《フォリー》。はい、動かないでくださいね」

一帯が氷に閉ざされた。

兵隊たちの足元は凍っており、靴が地面と繋がり、完全に身動きを封じられている。

これをやったのが誰なのかは、考えるまでもない。

「ユアか。サンキューな」

「いえ。リゴリア総帥が呼んでいるので、早く行きましょう」

ユアは何事もなかったかのように俺を促す。

「ま、待てぇぇ！　ヒスイぃぃ！」

馬に乗っているエルダンの足は凍っていない。

「もう来んなよ、面倒だからさ」

「ふざけるなぁぁ！　さっさと捕まれ犯罪者ぁぁ！」

元がつく親父とはいえ、俺に対する扱いが酷すぎてため息が出る。

「はぁ……」

エルダンは白馬から降りて――自ら氷床《フォリー》に足をつけてしまった。

氷が立ち所に生き物のようにエルダンの足に絡みついて、動きを封じた。

「しまった、足が動かないい!?　ぐぬぬぅ……！」

もはや脅威ではなくなった目の前のやつらを無視して、俺たち三人はギルドへと向かった。

◆

「失礼します」

ユアが総帥室のドアをノックすると、すぐに返事があった。

「入れ」

その声に応じて、俺はユアとシリアを伴って部屋に入る。

リゴリアはいつものように椅子に座っており、俺たちは机を挟んだ向かい側に並んだ。

リゴリアの眉がピクリと動いた。

「誰だ、その少女は？」

「ギルドに入れてやれねーかなと思ってな」

「むむ。それならカウンターの方でやればよかろうが」

「あそこはいつも人が並んでるからな。お前にやらせた方が手っ取り早いだろ？」

リゴリアを怖がって少し引き気味のシリアの背に触れて、一歩前に押し出してやる。

「ほら、怪しいやつだけど、怖がらなくてもいいぞ」

「ヒスイ少年よ！　怪しいとは失礼な！」

リゴリアはそう言うなり立ち上がって、上腕を強調するポーズを決める。

いきなり筋肉アピールしはじめたら、思いっきり怪しいやつだよ……

この場合、変態《リゴリア》を見ても逃げようとしないシリアを褒めるべきか。

「シ、シリアです。歳はお兄さ――ヒスイさんの一つ下です」

「おお、ヒスイ少年の妹であったか！　ならばよかろう」

「なんだよ、俺とシリアを会わせようとしてたっていうから、顔くらい知ってると思ったぜ」

「な、なんのことかな？　……とりあえず、これにサインしたまえ」

どこから取り出したのか、リゴリアは紙とペンを机に置いた。

これにはギルドの誓約などが書かれており、一番下にはサインするスペースがある。

シリアは内容に納得したようで、ペンを紙の上に走らせた。

「これでよろしいでしょうか？」

「うむ！　この紙をこうして――」

リゴリアが、誓約書と、これまたどこから取り出したのか分からないカードをくっつけると、紙がカードに吸い込まれるようにして一体化した。

「これで完成だ。これからよろしく頼むぞ！　シリア少女！」

「はいっ！　よろしくお願いします！」

シリアはリゴリアにぺこりと頭を下げ、次に俺の方に振り向いた。

「これからよろしくお願いしますねっ！　お兄さま！」

「ああ、がんばれよ」

「ユアさん、ご指導お願いします！」

ユアは少し照れくさそうに頷く。

「はい。これからどうぞよろしくお願いしますね」

シリアは真新しいギルドカードを大切そうに両手で持っている。

そんな彼女に、リゴリアが申し訳なさそうに声をかけた。

「すまないが、これからヒスイ少年とユア少女に話があってな。シリア少女は外してもらっても構わないだろうか」

「ええ。分かりました。私は先に失礼しますね」

シリアはギルドカードをポケットにしまい、総帥室を後にした。

「実はな……ギルティアスのメンバーが処刑されることになった」

扉が閉まるのを見計らって、リゴリアが俺たちを呼んだ本題について語りはじめた。

「はっ……？　どういうことだよ？　もう情報を吐いたのか？」

「いいや。まともな取り調べすらされていないそうだ」

「じゃあどうして……」

情報も聞き出さずに殺してしまうほど、この国はバカではないはずだ。

いや、エルダン――公爵クラスの貴族が洗脳されてしまっている時点である意味無能なのだが、まともな人材だってたくさんいる。

もうギルティアスの情報は必要ないということだろうか。

「リゴリア、お前はもうギルティアスの危険性について各国に触れ回ったんだよな？」

「もちろんだ。ましてやこの国の上層部に伝わっていないわけがない」

「ならばどうして？　ギルドと対立してもいいということか？」

せっかく捕らえた幹部を安易に処刑して情報を得る機会を棒に振るとは、ギルティアスの危険性を訴えるリゴリアの顔に泥を塗るに等しい。

「さぁな。真相は不明だ」

まさか国の上層部にギルティアスに洗脳されたやつがいるのだろうか。

口封じのために処刑……いや、それはないな。おそらくメシャフやヒューリアンは幹部クラス。それに見合う実力もあった。

そんなやつらをみすみす殺してしまうほど、ギルティアスの人材が豊富だとは考えにくい。

「メンバーを引き渡すようには言ったのか？」

「申し出たが断られてしまった。今回の死刑を最初に主張したのはルゴルド辺境伯だ。だが実際はその嫡男、デルデアスの意向を受けて動いたらしいがな」

苛立つ俺とは対照的に、リゴリアはあくまで冷静な口調で続ける。

「デルデアス、あいつが……」

「知り合いか？」

「学園で俺を貴族に誘ったやつだ」

あいつは洗脳されている感じはなかったが、どうしてギルティアスの処刑を望むんだ？

「ふむ……」

「それで、俺を呼んだのはその情報を伝えるためだけじゃないんだろ？」

情報伝達だけならば、ユアに言伝を頼めばいい。

目を瞑って深い思考に入りかけていたリゴリアは、俺の言葉を受けて顔を上げた。

「これより、緊急の強制指名依頼を与える」

強制指名依頼とは、文字通り、冒険者を指名して強制的に受託させる依頼だ。

強制力を伴わない単なる指名依頼は一般人でも可能だが、強制依頼はギルド支部長以上の権限がないとできない。

無論、総帥のリゴリアにはその権限がある。

もし強制依頼を断りたい場合、唯一の方法は……ギルドを脱退すること。

だから、強制依頼はなかなか出されない。それを理由に冒険者が抜ける可能性があるからだ。

俺は顎に手を当ててリゴリアに返す。

「へぇ……今受けている依頼はどうする？」

「特例だ、一時的に依頼はユアに任せる」

「はい。では私が学園でギルティアスメンバーの捕縛を一人で担当します」

ユアは真面目くさった顔で返事をした。

まぁ、ヒューリアンやメシャフといった、おそらくギルティアスの主要メンバーが捕まったから、危険度は限りなく下がっているだろう。

残る一人の幹部クラスも、ここで暴れるほどバカではないはずだ。

ならば、依頼を受けても大丈夫か。もっとも、強制だから受けざるを得ないけど。

「分かった。それで依頼内容は？」

「ギルティアスメンバーを生かしたままで捕縛しろ」

「……ん？」

ギルティアスメンバーを生かしたまま捕縛って前の依頼と変わらないじゃ——ああ。なるほどな。すでに捕まっているやつを奪えということか。

「依頼の意図は理解した。だが、国に喧嘩《けんか》を売ることになるんだぞ？」

王都の牢獄は易々とは突破できない。リゴリアが俺の力を買っているとしても、さすがに国の重要施設に正体を隠したまま潜入するのは無理だと分かっているはずだが。

「もとより国が売ってきた喧嘩よ。買うのが筋というものだ」

「ああ……そうかい」

国が先に売った喧嘩だから、バレてもお構いなしなのか。

「組織のリーダーがそんな喧嘩っ早くていいのかよ」

「ふっ。生まれついてからこの性格なのでな」

リゴリアは不敵な笑みを浮かべる。

「じゃあ、捕縛するかね。両方必要なのか？」

「二人揃っている方が助かる」

「了解した」

依頼書も報酬の確認もない。

必要ないのだ。リゴリアほど顔が知れていれば依頼を反故《ほご》にできないし、こちらは国を相手取ることになるのだから、報酬は望むままだ。

会話が終わると、俺は総帥室を後にした。

後ろからユアがついてきている。

「学園側の依頼、しばらく一人になるが、気をつけろよ」

「はい。もちろんです」

「……お前、何かあったのか？」

「どういうことでしょうか？」

「いいや。変だな……って、思ってさ」

「私は問題ありませんよ」

「そう、か」

淡々と言ってのけるユアからは、いつもと違う印象を受ける。

普段ならもっと表情豊かに喋るはずなのだが、事務的というか、どこかよそよそしい。

まあ、本人が問題ないと言っているのだから、俺はそれ以上の言及はしなかった。

◆

ヒューリアンたちが収監されている牢獄は王都郊外にある物々しい地下施設で、全部で三階層の構造だ。

地下一階は窃盗《せっとう》や傷害など比較的軽い罪の犯罪者たちが、二階は殺人などの重い罪を犯した者たちが収容される。

最下層の三階はクーデターや虐殺などを起こした、極刑確実である大罪人が厳重な警備のもとに収監されている。

メシャフたちが捕らえられているのは、この地下三階だ。

彼女たちは学園に潜伏し、生徒たちを洗脳していた。数は不明確だが、それこそクーデターを起こせるほどとも考えられるので、罪はかなり重い。

さらに、他のギルティアスメンバーが奪還しに来る可能性もあることを考慮すれば、妥当な処置だ。

「さて、どうするかね」

俺は目の前にある高い壁を見上げながら呟いた。

牢獄は三メートルくらいある灰色の壁に四方を囲まれており、外からでは中が見えない。ところどころに見張り塔が設置され、守衛たちが侵入者、脱走者がいないか監視している。

固く閉ざされた大きな門は、少し押したくらいではビクともしないだろう。

この壁は小さな村が一つすっぽり入るほどの範囲を囲っているが、中には地下に通じる階段への入口があるのみらしい。

しかし階段以外の場所は、所定の道順を辿らなければトラップが発動する仕掛けになっており、容易に侵入することはできない。

黒靄《ブラウ》を使って壁の中に瞬間移動する手もあるが、地下に続く階段の位置を確認するために一度は止まる必要がある。

そして、止まった瞬間にトラップが発動する可能性があるため、そこで見張り塔の連中に侵入がバレてしまうに違いない。結局、強行突破と似たようなものになるなら、いっそ堂々と正面から攻め入ってやろうかな。

どうせリゴリアは国と事を構えてもいいと考えているみたいだし。

そんな物騒な考えに浸っていると、背後から何者かが近づいてきた。

「ヒスイじゃないか。こんなところでどうしたんだよ？」

「……デルデアス」

今日のデルデアスは、貴族らしい華美な装飾の施された服装だ。まさかこんな場所で俺と会うとは思っていなかったらしく、目を丸くしている。

「なんでもねーさ。ちょっとこの地下牢獄に入ってみたいと思っていたところだ」

「また牢獄に入りたいだなんて、奇妙なやつだな。ここはお前が入っていた牢よりもはるかに厳重だぞ？」

デルデアスは苦笑する。

「そういえば、おかげでシリアを守れたよ。あの時はありがとな」

「礼を言われるほどではない」

「あれから牢獄に戻ってないけど、大丈夫なのかよ？」

「問題ない。俺が話をつけたからな」

デルデアスがタチの悪い笑みを浮かべた。

俺が脱走した失態をネタに牢獄の看守たちを脅したとか、そんなところか。

「助かる」

「気にするな。俺とヒスイの仲じゃないか」

「はっ、学校じゃ平民呼ばわりして一方的に殴っていたやつがよく言うぜ」

「そこを突かれると心が痛むよ」

冗談めかして言うデルデアスに、俺は真顔で問いかけた。

「なぁ、デルデアス。お前ひょっとして、わざと俺を殴っていたんじゃないか？」

デルデアスは目を見開き、一瞬にして無表情に変わった。

「……どうしてそう思った？」

なるほど、こいつは貴族同士の腹の探り合いに慣れているみたいだな。「どうして分かった」ではなく、「そう思った」と返した機転は見事だ。

もう少し顔に出ないようにする練習が必要だけどな。

「平民は学園で蔑《さげす》まれているからな。教師たちも貴族のイジメを放置しているレベルだ。お前は率先して平民に手出しして自分たちのグループに取り込んでおくことで、他の者たちからのイジメがエスカレートしないように牽制《けんせい》していたんじゃないか？　それに、しつこく絡んでくる割に、お前は毎回一度だけしか殴らない。まあ、取り巻きどもは違ったがな」

「……はは。そんな大したもんじゃないが、否定はしないさ。さすがだよ。さらに仲間に加えたくなった」

「貴族は面倒だから拒否する」

「そうか。だがな、俺は諦めないぞ」

デルデアスは肩を竦めると、どこまでも清々しく笑う。

そして牢獄の壁を見上げながら、おもむろに口を開いた。

「……そういえばさっき、地下牢獄に入りたいと言っていたな」

「ん、それがどうしたよ」

「俺だったらお前を入れることができるぞ」

「……マジかよ」

俺は二つの意味で驚いた。

一つは貴族の特権の広さだ。嫡男とはいえまだ爵位も継いでいないのに、どこの馬の骨とも知れない男を連れて国の重要施設に入ることができるなんてな。

もう一つ、俺を徹底的に信頼しているらしいことも驚きだ。いや、もしかすると、恩を売って俺を貴族に加えようという打算かもしれないが。

「なら、頼む」

これからやろうとしていることを告げないのは後ろめたいが、俺はデルデアスの申し出を受けた。

「ついて来いよ。俺もちょっと用事があってここに来たんだ。ついでだから気にする必要はない」

歩くデルデアスの横顔を見ながら思った。

こいつもギルティアスのメンバーに面会するつもりだろう。

それにしても、なぜこいつはギルティアスのメンバーの処刑を主張したのか。

しかし、俺がそれを問う前に監獄の門に到着した。

「ルゴルド家のデルデアスだ！　開けろ！」

デルデアスが威勢よく呼びかけた。

処刑について聞くタイミングを逸した俺は、壁の上からひょこっと顔を覗かせる門兵を見上げた。

「デルデアス様だ！　開けろ！」

門兵の号令に反応して、まるで生き物のように門が口を開く。

「どうも。デルデアス様」

中で出迎えたのは鎧を纏った騎士風の男だった。

貴族のデルデアスを出迎えるほどだから、それなりに偉い人物なのだろう。

それに、護衛もつけずにたった一人で出迎えるということは、彼自身がそれなりの強者と考えられる。

「ああ。処刑の前にやつらの顔を見ようと思って来た」

そう応えたデルデアスの顔は、心なしか憎しみに歪んでいる気がした。

「承知しました。ところでそちらの方は？」

騎士が俺を指さして言った。

「ああ、俺の知り合いのヒスイだ。一緒に通してほしい」

「構いませんが……」

デルデアスの紹介なので露骨に疑うことはなかったが、騎士は少し俺を警戒しているようだ。

俺からも丁寧に挨拶をしておく。

「ヒスイです。よろしくお願いします」

「ええ。こちらこそよろしくお願いします。それではどうぞ」

騎士が半分振り向いて、俺たちを殺風景な壁の中に招き入れた。

壁の中は事前情報通り、中央にある階段以外は何もないように見えた。

少し距離はあるが、入口からでも無防備にさらされている地下行きの階段が確認できる。しかし、地面から微かに感じる魔力がトラップの存在を物語っている。

そして、何もないということは、身を隠す場所もないということ。どこにいても見張り塔から丸見えだ。

守りが固いな。

「地下牢獄に案内いたします」

騎士はそう言って深々と頭を下げると、彼だけが認識している目印を頼りに、複雑な順路を辿って階段へと向かった。

松明の灯りしかない螺旋《らせん》階段をしばらく下りると、地下一階の牢獄の入口が見えてきた。入口に扉はなく、大男でも頭をぶつけることなく入れるほどには大きい。

鉄格子がずらっと並び、通路は広いが、寒々しい印象だ。

牢の中には屈強そうな男もいるが、総じて静かだった。無駄に騒いで罪を重くしたくないんだろうな。

俺が横目で一階の様子を見ていると、デルデアスが急に足を止めた。

「どうする？　まだ下に行くか？」

「ん、ああ。頼む」

俺がそう言うと、デルデアスは特に怪しむこともなく、また進みはじめた。俺が地下監獄を見学していると思っているのだろうか。

二階層まで来たところで、今度は騎士が歩みを止めた。

「いくらデルデアス様の知人とはいえ、ここから先はお通しできません」

一階層と同じく静まりかえった空間に騎士の声が響いた。

「なぜですか？　俺も三階を見せてもらいたいのですが」

なるべく騎士を刺激しないように穏便《おんびん》に尋ねてみる。

「いいえ。三階層は特別な区画ですので、申し訳ありませんが、ここまででご容赦ください」

言葉遣いは丁寧だが、頑として譲る気はなさそうだ。

まぁ、今回は牢獄の中が見られただけでもよしとするか。また次の機会に来ればいい。

「分かりました。では俺はここで失礼します」

俺があっさり引き下がると、デルデアスが歯切れ悪く謝る。

「悪いな、ヒスイ」

「お前が気にすることじゃねーだろ。ここまで連れてきてくれただけで十分さ。ありがとな」

「そうだが……すまんな」

「おう。じゃあな」

俺は二人に背を向けて階段を上りはじめる。

だが、後ろからわずかに聞こえてきた彼らの話し声に、ふと足を止めた。

「……経過はどうだ？」

「異常は一切ありませんので、ご安心を」

「そうか。万が一にも失敗は許さないからな」

「心配無用です。明朝の処刑執行まで鼠《ねずみ》一匹通しません」

……どうやら出直す猶予《ゆうよ》はなさそうだ。

俺は再びデルデアスたちがいる三階層に引き返した。

「ん？　ヒスイ、どうした。帰るんじゃなかったのか？」

デルデアスは戻ってきた俺を怪訝《けげん》そうに見る。

「……すまんな、デルデアス」

今度は俺が謝る番だった。

俺を信頼してここまで連れてきてくれたのに、それを裏切るような真似をするのは心苦しい。だが、ギルティアスの情報を得るチャンスをみすみす逃すわけにはいかないのだ。

俺は黒靄《ブラウ》を纏う。

「文句は後で聞く」

立ちこめる黒い靄で空間を掌握し、デルデアスと騎士の間に移動する。反応する暇さえ与えず、デルデアスの腹に一発。騎士は後頭部に一撃入れて昏倒《こんとう》させる。

「かはっ……」

苦悶の声を漏らしながら、二人が倒れた。

そんな彼らを一瞥して、俺は三階層へと向かう。

三階の入口は分厚い鉄の扉で厳重に閉ざされていた。

それを黒靄《ブラウ》を纏った拳で殴り、力ずくでぶち抜いた。

中にいる囚人や看守が驚愕の表情でこちらを見る。いきなり爆発音が響いたら、そりゃあびっくりするよな。

「なっ、何者だ!」

正気を取り戻した看守たちが槍を構えて群がってきた。

連中はひどく慌てていて、外と連絡するのも忘れているみたいだ。

「外からの襲撃には意外と弱いんだな」

三階層の内部にはなんらかの結界が張ってあったようだが、扉を破壊した影響で無効化してしまったらしい。

混乱の極致にある看守たちを、次々と気絶させていく。

いずれもなかなかの手練れだが、俺を阻むには力不足。

一仕事を終えた俺は、黒靄《ブラウ》を解除して周囲を見渡す。

探すまでもなく、目標は見つかった。

「あれ～。どうしてヒスイ君がいるんですか～？」

「ははっ！　偶然かなっ！　偶然なのかなっ！」

「偶然じゃないですかね～。看守さんと戦っているように見えましたが、きっと気のせいですよね～」

「あはははは ッ！」

大半の囚人たちが息を呑んで状況を見守る中、脳天気な男女の声が響いた。

メシャフとヒューリアン。どうやら奥の牢獄に捕らえられているみたいだ。

「拷問はされてないようだな」

近寄って見ると、二人とも衣服は多少汚れているが、傷や拷問を受けた形跡はない。

治癒魔法を使えば消すこともできるが、処刑が決まっているのにそんな無駄なことをするとは思えない。

つまり、メシャフとヒューリアンはこの場で刑の執行を待っていただけだろう。

「僕としては食事が砂粒ほどしかもらえない時点で拷問のようなものだけどねっ！」

ヒューリアンが笑顔を崩さずに不平を言う。

言われてみれば、二人とも少し痩せている気がする。

「というかヒスイ君～。どうしてこんなところに～？」

「そうだよっ！　何故こんなところにいるんだいっ！」

「お前らに言う必要はない」

黒靄《ブラウ》をまた纏う。

今度は戦闘のためではなく捕縛のために。

黒色の靄の形を取った魔力が、鉄格子の隙間を抜けてメシャフとヒューリアンに近づく。

並の人間なら恐怖を感じるであろう光景を目の当たりにしているというのに、二人は欠片《かけら》もそんな様子は見せなかった。それどころか、普段通りにお喋りを続ける。

「まさか、ギルドに連れて行く気なのですか～？」

「ははっ！　今度こそ痛い目に遭うのかな？」

たとえ何があっても笑顔を絶やさない。肝《きも》が据わっているというよりも、俺には彼らの異常性が際立《きわだ》って見えた。

「待て、ヒスイ」

俺の魔法が彼らに届きそうになった瞬間、制止の声が響いた。

振り返ってみると、デルデアスの姿があった。背後には百近い騎士が続々と詰めかけている。

「目覚めるの早いじゃん」

純粋にそう思った。

感嘆を漏らす俺に、デルデアスは親の仇と言わんばかりの憎々しげな目を向ける。

「どうしてだ！　どうして……」

デルデアスはそれ以上の言葉を見つけることができずにいる。彼は俺の目的を知らないから裏切り者と呼ぶべきかも判断がつかないのだろう。

「なら、逆に俺が聞こう。どうしてギルティアスのメンバーであるメシャフやヒューリアンをタダで殺そうとする？」

「……何が言いたい？」

「殺すならせめて情報を吐かせてからにしろよ。そう言っている」

「くっはは……」

デルデアスが顔を伏せて引きつった笑い声を上げた。

「なぁヒスイ！　俺はそいつらを殺さないと気が済まないんだよ！」

感情を高ぶらせ、声を荒らげるデルデアス。

「……どうしてだ。生きたまま連れて来いって言ってたお前が、なぜそこまでこいつらを恨む」

「ボシが……ボシが死んだんだよ！　そいつらのせいでな‼」

ボシが死んだ……

死刑にならないようにデルデアスが手を打っていたはずだが、間に合わなかったのか？

いや、マジックアイテムだ。

「まさか……あいつは拷問部屋に……？」

ボシには拷問部屋に入ると死ぬというマジックアイテムを埋め込まれていたはずだ。

「なんだ、知っていたか。そうだよ。拷問部屋に入った瞬間に血を吐いて倒れたそうだ。後で調べたらマジックアイテムが仕込まれていたらしい」

「ちっ。いつだ。いつ、あいつは……」

「お前が牢を出たすぐ後だよ」

「なっ」

そうか。あの時ボシは騎士たちに連れ出されて、そのまま……

クソ……今にして思えば、もう少し上手く立ち回れたのではないかとも思える。

「ヒスイ。そいつらの処刑を妨害するつもりなら、俺はお前を捕らえねばならん。貴様ら全員構えろ！」

デルデアスは油断なく俺を見据えながら、号令を下す。

「なぁ、そんな兵隊何人集めても、俺は止められないと思うぜ？　冗談じゃなくてさ、本気で退いてほしいんだが」

「ヒスイ、分かるだろう。ここでお前を逃がせば俺自身も責任を問われかねないんだよ」

「だよなー……」

俺は殺到する騎士たちを渋々迎え撃った。


地下牢に戦闘の喧騒《けんそう》が響く。

「デルデアス、これ以上続けても無駄だ」

「ぐ……」

焦りと苛立ちでデルデアスが顔をしかめた。

百はいた騎士の数は今や半分くらいになっている。全て俺が一人で相手をした。

「よっ！　すげえにーちゃんだな！　その調子で気取った騎士どもを倒して俺たちを外に連れ出してくれ！」

牢に閉じ込められている囚人から歓声が上がりはじめる。手を叩く者、鉄格子を掴んではやし立てる者、血の気の多い囚人たちは皆一様に興奮している。

しかし、メシャフとヒューリアンだけはそんな囚人たちとは明らかに雰囲気が違っていた。彼らは終始無言で笑顔を保ってはいたものの、どこか余裕のある態度。まるで「自分たちは別の次元にいる」と言わんばかりだ。

そんな彼らに呼びよせられたかのように、俺と騎士たちとの間に何者かが割って入った。

突然現れた彼女に、ただ問いかけることしかできなかった。

「ユア……？」

ユアは俺に返事もせず、いきなり魔力を高めて魔法を放った。

「氷床《フォリー》」

俺の足が地面を這い進んできたユアの魔法に捕らえられてしまう。

騎士やデルデアスも俺と同じ状態だ。

それは無差別の攻撃。騎士や囚人、そして俺を含めた全員に向けられていた。

いや、なぜかメシャフとヒューリアンだけは狙われてない。

「――ユア!?　お前まさかっ！」

裏切り？

いいや、違う。

これは――

「洗脳されているのか！」

しかしユアはまるで反応を示さない。

氷漬けにされた俺たちの姿を一瞥してから、ユアは満足げに牢獄の入口を振り返った。

扉の方には、眠そうに目を半開きにした緑色の髪の少女――久しぶりに姿を見るシニャがいた。

「どうしてここにいる、シニャ」

いや、この問いに意味はない。ここに現れた時点で、彼女の目的は察しがつく。

シニャがゆっくり口を開く。

「……久しぶり、ヒスイ。元気？」

「はっ。これが元気そうに見えるか？」

俺は足元を指差して、自嘲《じちょう》するように笑った。

シニャは表情を一切変えない。

「……元気ならいい。一つ伝えたいことがある」

「お前には元気そうに見えるのかよ……んで、なんだ？」

「私、ギルティアスのメンバー」

それくらい、お前がここに来た時点で分かった。

ユアの態度で確信した。三人目のギルティアスメンバーはシニャだと。

シニャは捕まっている二人を奪還しに来たのだろう。

気がつけば、またいつぞやのように魔法が使えない状態になっていた。おそらく、シニャがマジックアイテムを持ち込んだせいに違いない。

ああ、面倒臭い。

「この魔法が使えなくなるマジックアイテムは、お前が作ったのか？」

ユアを傍《かたわ》らに従えたシニャを見据える。

シニャは静かに、小さく頷いた。

「洗脳のマジックアイテムもか？」

「……そう。すべて私が製作した物」

「ずいぶん器用なんだな。お前、本当にただの貴族なのか？」

「……それは違う。私は人じゃない」

「なに？」

「私は魔族。魔族のシニャ・フィルド」

魔族。

かつて、魔神を崇拝し、魔王を長とした強大な種族。

圧倒的な力を持って大陸のほとんどを支配していたと言われている。

だが、シニャが魔族だというのはありえない。

なぜなら――

「……魔族は滅んだんじゃないのか？」

「滅んでいない。血筋は残っている」

シニャの瞳は、嘘や冗談を言っているようには見えない。

「だが、魔族は額にツノが生えていて、黒い翼や尻尾もあったはずじゃ……」

「言った。〝血筋〟は残っている」

つまり、シニャは完璧ではないにしろ、魔族の血を引いているということかよ。

だからツノも翼も尻尾もないのか。

「……ははっ。もしかして、お前が時々俺の考えを読んでいたのは……」

「……考えている通り、魔族としての能力」

「ちょっと、シニャさん～。いいんですか～、そんなに喋っちゃって～」

メシャフが牢の中から口を挟んだ。

「構わない。魔神の器が見つかった」

「あら～、それはいいですね～。やはりヒスイ君がそうでした～？」

「魔神様のお告げではそのようだった」

「おお～。それは一週間学園をサボった甲斐《かい》がありましたね～」

こいつらはなんの話をしている。お告げってなんだ？

魔神の器？

……俺が？

「状況は理解していないみたいだけど、ヒスイ、あなたを捕まえなくちゃいけない。生死を問わず」

シニャが視線をチラリと動かすと、背後からもう一人、うっすらと敵意を放つ存在が歩み出た。

ダークエルフの少女——ディティアだ。

彼女もまた洗脳されているようで、瞳はどこか虚ろで、光がなかった。

そして、背後からバキンと鋭い音が響く。

振り向くと、ヒューリアンとメシャフが牢から外に出ていた。

そんな彼らを見て俺は……笑った。

「はっ。たったこれだけで俺を捕まえる？　生死を問わず？」

そして、変わらず無表情のシニャに、溢れんばかりの殺気を向ける。

「魔法が使えないからって、俺はそんなに弱くねーぞ？」

だが、そんな俺の余裕の態度を突き崩さんと、シニャが囚人たちに語りかける。

「ヒスイを——私の目の前にいる少年を倒すのに協力する者は、牢から出す」

その言葉は、彼らにとってこの上なく甘美な囁きだったであろう。

了承の叫びが空間を包むのに、そう時間はかからなかった。

俺は足を束縛する氷を破壊しようと拳で殴りつける。

しかし、ヒビ一つ入れることはできなかった。

内出血した俺の手をさすりながら、体内だけでも魔力を練り上げる。

どうやら、魔法として具現化することはできないが、純粋な魔力を体内に巡らせることは可能なようだ。ならば……

今度は魔力を手に集中させて、足元の氷を殴りつける。

パキンと音を立て、氷が砕けた。

「よしっ」

これ以上状況が悪化する前に逃走しなければいけない。

すでにディティアが鉄格子を壊して回っており、何人かの囚人は牢から出てきている。

この三階に捕まっているやつらは凶悪な犯罪者。つまり、並外れた戦闘力を持つ者も多々いるのだ。

しかし……遅かったみたいだ。

「どこに行くつもりですかな？」

「そうですぜ、兄ちゃん。逃げてもらっちゃあ困りやす」

「けっはっは！　大人しく捕まれや！」

あっという間に囚人たちに囲まれてしまった。

しかも最悪なことに、シニャに敵対していないやつらは体外に魔力を放っている。つまり、魔法が使えるということだ。

「おい、シニャ。もしかしてマジックアイテムを強化したのかよ」

「当たり。持ち主以外でも、私が指定した人は魔法が使える」

シニャたちは魔法に頼れないから接近戦に持ち込むしかない。それなら逃げる手はいくらでもある、そう思っていたんだが……

どうやらそんなに甘くないらしい。

俺の背後にいるメシャフやヒューリアンをはじめ、魔法を使える囚人たちが魔力を練りはじめた。

「ちっ……面倒だな」

牢獄の中に殺気が充満する。

逃げるためには囚人たち、ギルティアスの三人、さらに洗脳されているユアとディティアを相手にしなければいけない。

囚人の数はざっと見て三十人程度。まだ牢から出ていない者もいるが、彼らは戦闘向きではないと判断されているのかもしれない。

当然、出ているやつらは、かなりの手練れだ。

「……やって」

シニャの静かな号令。

俺は作戦を考える暇すら与えられず、絶え間なく放たれる魔法を避け続けた。

背後から、前方から。

火、風、水、様々な色の魔力が剣や矢など様々な形を帯びて無数に飛び交う。

殺気が篭った魔法によって、俺はどんどん傷ついていく。

屋内では動きも制限されて、さすがに避けきれない。

と言うか、いちいち避けるのがダルい……

「ああ……くそダリぃ……」

俺がそう呟いた瞬間、牢獄全体が俺の莫大な魔力に包まれた。

体の内側から噴き出る黒い魔力を感じる。

「……これ、何……？」

なぜ俺が魔力を体外に放出できているのか分からない様子のシニャ。

気がつけば、囚人たちも困惑の表情を浮かべ、飛び交っていた魔法が止んでいる。

「もう面倒だから手加減はしないぞ？」

汗を滲《にじ》ませている敵たちへと言った。

「なぁ、シニャ。お前の魔法を封じるマジックアイテム——どれくらいの魔力まで耐えられるんだ？」

シニャが大きく目を見開いて驚いた。

表情の変化が少ない彼女がこれほどの反応を見せるとは、それだけ自分が作ったマジックアイテムに自信があったのか。

「俺の魔力の量は知っているだろう？」

実験に付き合った時、シニャは俺の魔力を視たはずだ。ならば、相応の準備をしておくべきだった。

いくら彼女が作ったマジックアイテムが優れているといっても、並の人間相手を想定したものでは圧倒的に容量不足。

「さっき〝手加減はしない〟って言ったけど、間違いだわ」

俺を囲んでいる囚人に向けて右手を振るう。

「手加減〝できない〟、な」

俺の体から溢れ出た魔力が黒い大波となって囚人たちを呑み込む。

存在の証《あかし》とも呼べる魔力すら、微塵も残っていない。文字通り、囚人たちは、消えた。

「な、なんだこれは……!?」

囚人の一部が恐慌状態に陥る。

「魔力の箍《たが》を外した。この状態なら際限なく魔力を放出できる。ただし、俺の意思とは無関係に魔力が流れ出てしまうんだけどな。……だから、悪いが威力を絞ることができない」

「……つまり?」

「頑張って生き残れ。そういうことだ」

そしてもう一つ、重大な欠点がある。過大な闇の魔力は俺の精神に負荷をかけるので、長時間晒されると破壊と戦闘の衝動に逆らえなくなるのだ。

そうなる前に、けりを付ける。

「勝てないと思ったら大人しく牢屋の中に戻れ。そうすれば、命までは取らない」

「……ち、畜生、舐めやがって！」

次の瞬間、生き残っている囚人たちが全力の魔法で俺を制圧にかかった。

「くそ、バカどもが……」

彼らは自分が放った魔法ごと黒い波に呑み込まれていく。

大人しく逃げればいいものを、どうしてこいつらはムキになって挑みかかってくるんだ。

もはや攻防と呼ぶのも憚《はばか》られる一方的な殺戮《さつりく》。虐殺と言ってもいい。

――ひどく空虚だった。

この殺し合いに意味があるのか。死んでいった彼らに価値はあるのか。そんな面倒な考えが頭をよぎる。

だが、関係ない。今はやるしかないのだから。

そういえば、まだこの魔法の名前を決めていなかった。

いつだったか、本気で暴れた時に作った魔法だ。けど、大量虐殺をいとも簡単に行えてしまうため、それっきり名前も決めずに封印した。

でもこうして再び使ってしまった。

だから名前を決めるとしよう。

そうだな、この魔法の名前は――

「黒波《ルシュール》」

俺の目の前に立っているのは、絶望を顔に滲ませた数人の囚人と、額に汗を浮かべながらも笑顔を保っているヒューリアン、メシャフ。変わらぬ無表情のシニャ、そして瞳から光が消えているユアとディティアだけだった。

生存者である彼らにとって、俺はどんな風に映っているだろうか。

俺の背後で急激な魔力の高まりが発生する。

「滝風《アッシ》～！」

メシャフの魔法だ。それに連携して俺を左右から取り囲んだユア、ディティアも必殺の魔法を放つ。

「氷床《フォリー》」

「風炎《サラベスタ》」

「黒波《ルシュール》」

どれも一般的に見たら強力なものだ。しかし、魔力の量も、質も、俺の魔法の足元にも及ばない。

当然、黒い波が三人の魔法をすべて呑み込んで、跡形もなくかき消し――いや、俺の魔法も消失している。

「なんだ？」

予想外の出来事に、目の前で起きた光景を疑ってしまう。

おそらく、これはシニャの仕業《しわざ》。

彼女の右手の上には、盾をかたどった綺麗な緑色の石が輝いていた。

「また、マジックアイテムか」

「……そう。あらゆる攻撃を受け止める、絶対防御のマジックアイテム」

「はっ。便利なアイテムだが、守っているだけじゃ状況は変わらないぜ？」

シニャは無表情のまま右手を掲げた。

「大丈夫。こんなこともできる」

シニャがそう呟いた瞬間、輝きを増した緑の石から無数の光線が放たれた。

俺を狙って集束する魔力を帯びた光を、黒波《ルシュール》でなぎ払う。

「驚いた……かなりの威力だな」

「受け止めた魔力を相手に弾き返す」

表情は変わらないが、どこか勝ち誇ったような雰囲気がある。

なかなか面倒なマジックアイテムを持っているゆえの余裕か。だがそれは甘い。

「そのマジックアイテムはどれくらい俺の魔法に耐えられるかな？」

携帯できる大きさでこれほどの効果を発生させるなら、きっと使用回数に限度があるはず。なかったとしても、負荷をかけ続ければいずれ耐えられなくなるに違いない。

黒波《ルシュール》を使うごとに魔力をごっそり持っていかれるが……どっちが先に音を上げるか、我慢比べというわけか。

「じゃあ、続きを始めようか」

右手を天井に向けて突き上げるのと同時に、俺の背後から大きな黒波《ルシュール》が出現する。

そして再度、シニャめがけて放つ。

防がれるのは想定通り。

続けて二発、三発と撃っていく。

その度に放たれる反撃の光線を、同じ魔力の黒波《ルシュール》で相殺していく。

予想以上に持ち堪えたが、五発目の黒波《ルシュール》によって、シニャの持つ盾のマジックアイテムにひびが入った。

シニャは未練がましくマジックアイテムを握る。

「もう終わりか？」

ゆっくりとシニャに近づく。

相変わらず何を考えているか分からない無表情のままだった。

俺は闇手《アスデ》を発動し、右手に漆黒の大剣を帯びる。

もはや黒波《ルシュール》で魔力を無駄に垂れ流す必要はない。

シニャに魔法を振るおうとした瞬間――ユアが俺の前に立ちはだかった。

「ユア、邪魔するな！」

「……わ!?　ちょっと、何してるんですか、ヒスイさん！」

ユアの瞳を見ると、しっかりした意思の光が宿っていた。

「わ、私たちの任務は捕縛することです」

「ユア……？」

俺は驚愕した。

いつだったか、ユアが俺に言ったセリフを、今また口にしたのだ。

シニャからの命令で言ったとは思えない。なぜなら――

「……自力で洗脳を……？」

洗脳を施した張本人であるシニャが驚いていたのだ。

俺が莫大な魔力を放出した影響か、それとも俺の暴走を止めるためか、ともかく、彼女は自らの力で洗脳を解いた。

「そうだったな……すまん」

俺は自然と闇手《アスデ》の魔法を解除していた。

「き、気にしないでくださいっ。ギルドのメンバーとして、当然のことをしたまでです！」

ユアのおかげで目を覚ますことができた。

戦闘の興奮に呑まれて理性が飛びかけていて、危うくこの場にいるやつらをみんな殺してしまうところだった。

ギルティアスのメンバーに情報を吐かせるためにここまで来たのに、俺は何をやっているんだ。

しかも、大事なギルドの家族であるユアまで危険に晒していたなんて。

いや、考えるのは後だ。今はまず、やるべきことをやるんだ。

「メシャフ、ヒューリアン、そしてシニャ。ギルド総帥であるリゴリアからの依頼により、お前らを捕縛し、ギルドまで連れて行く」

「ははっ。シニャさん、何かいいアイディアないの？」

「このままだと私たち拷問されてジ・エンドですよ～？」

危機感のない笑顔で希望にすがろうとする二人を、あっさりとシニャが突き放した。

「……ない」

俺はまた黒い魔力の塊を放出する。今回は捕縛のために。

しかし、洗脳されたままのディティアがシニャを守るように進み出た。

ディティアの瞳に光はなく、会話が通じるとも思えない。説得するならばシニャの方だ。

俺はため息をつきながらシニャを見る。

「悪いことは言わない、ディティアの洗脳を解――」

しかし、俺が言い切る前に、意外な邪魔者が出現した。

「ヒスイ！」

それは今まですっかり息を潜めていた――今もっとも聞きたくないやつの声だった。

ユアに氷漬けにされたきり沈黙していた赤毛の少年が俺の名前を呼んだ。

「……デルデアス、邪魔しないでくれ」

見ると、彼は怒りで顔を真っ赤にしていた。

だが、そんな彼の声を呼び水に、完全武装の騎士の増援が階段の方からどんどんなだれ込んできた。さっきの数倍はいる。

そろそろ牢獄が騎士で埋め尽くされそうな勢いだ。

なるほど、増援が来るのを待っていたわけか。

しかし、俺もユアもデルデアスに気を取られて、不覚にも隙を見せてしまった。

「……転移」

シニャはその瞬間を見逃さなかった。

彼女は隠し持っていた別のマジックアイテムを起動したらしい。

効果はおそらく、瞬時に別の場所に移動するものだろう。

気づくと、メシャフ、ヒューリアン、シニャの三人の体が光に包まれていた。

残されている数人の囚人が「俺も逃がしてくれ！」と、喚いている。しかし、シニャは無表情のまま応じようとはしない。

ディティアも転移させないようだから、人数制限があるのかもしれない。

いや、今はそんなことより——

「闇玉《ダルフ》！」

「水剣《スエフィス》！」

俺は速度重視で闇玉《ダルフ》を放ち、シニャを止めにかかる。

隣にいるユアも俺と同等の反応で水の刃を飛ばしてみせたのは驚きだ。

見ると、シニャは人の顔以上の大きさはある黒色の水晶を両手で持ち上げていた。

どこにそんなものを隠していたのか不思議だが、先ほどから次々とマジックアイテムを繰り出してくることから考えると、無限空間に収納するマジックアイテムも隠し持っているのかもしれない。

闇玉《ダルフ》がシニャの眼前に迫る。ちょうどその瞬間、シニャが口を開いた。

「……もう体は目的地に転移済み」

俺たちの魔法はシニャたちの残像を空《むな》しくすり抜け、牢獄の灰色の壁に大きなクレーターを作った。

「はは……マジかよ」

すでに彼女たちを捕縛することはできないということか。

任務失敗の四文字が俺の頭をよぎる。しかし、諦めかけていた俺とは逆に、ユアは動いた。

「氷床《フォリー》！」

ユアの使った魔法は、魔力すらも凍らせるもの。つまり、シニャのマジックアイテムがまだ作動中ならそれを無効化できる。もしかすると目的地に届けられたシニャたちの肉体が戻ってくるかもしれないと踏んだのだろう。

ユアの思惑に感づいたシニャが、珍しく動揺を見せる。

「……っ！　ディティア。止めて」

その命令でディティアがユアに向かう。右手にはすでに魔力を練っている。

このまま放置してもユアの支障にはならないと思うが、万全を期すべく俺はディティアを止めに入る。

「させるかよ！」

「風炎《サラベスタ》」

ディティアが放った炎の濁流《だくりゅう》が俺に迫る。

その表情や言葉には一切感情の起伏がなく、まるで死人を相手にしているみたいだ。

「闇玉《ダルフ》」

俺は目の前に闇玉《ダルフ》を一つだけ作り出した。

ただそれは、普段作るような手のひらに置けるサイズではない。人一人丸ごと入るほどの大きさだ。

「今のお前じゃあ、到底俺のレベルには届かないよ」

「……！」

ディティアの目も眉も口も一切変化はなかったが——俺には彼女が動じているように感じられた。

俺はディティアを彼女の魔法ごと、闇玉《ダルフ》に呑み込ませた。もう外側からは彼女の姿は見えない。

残ったのは、大きな黒い球体のみ。

「ヒスイさんっ！　まさかディティアさんを！」

ユアが、心配そうな声で聞いてきた。

だいぶ焦っているようだが、ディティアとは交友関係があったみたいだし、当然か。

「安心しろっ。殺してねーよ！　いいからお前はそっちに集中しろ！」

ユアは俺の叫びに呼応するかのように、放出する魔力の勢いを増した。

そして、ユアの魔法がシニャの残像に達した。

だが……届いただけだった。

『また』

一言層言い残して、シニャの姿が消失した。

ユアの魔法はシニャのマジックアイテムに影響を及ぼさなかったのだ。

「ちっ……逃がしたか」

残ったのはやるせない気持ちと、背後から迫ってくる面倒なデルデアスたちだけ。

騎士たちはこちらの都合などお構いなしに突っ込んでくる。

ユアは呆然と立ち尽くしたまま。だが、彼女は氷床《フォリー》を前方に向けて放ったため、背後は完全に無防備。

その時——

「ユアっ！」

「きゃっ」

俺は怒号とともに、ユアを突き飛ばす。

「なっ、何するんで――」

ユアは起き上がりながら文句を言い掛けて、やめた。

俺の状態を認識したのだろう。

「ちっ。仮にもギルドのAランクなんだから、常に背後に気を配っておけよ」

騎士が放った矢の一本が、俺の左足に深々と突き刺さっていた。まぁ、身体の傷が一つや二つ増えるくらい問題ない。

それよりも、黒波《ルシュール》で魔力を使いすぎた今、残された魔力の使い道は慎重に考える必要がある。

「す、すみ……ません……」

まだ安全じゃないというのに、ユアはすっかり落ち込んでうなだれてしまった。

「おいおい、ユアは関係ねーだろうが。狙うなら俺を狙えよ」

俺を親の仇かのように睨みつけるデルデアスに文句を言う。

「し、知らん。俺は捕らえろとしか命令していない！」

「はっ。そうかい……」

引っ込みがつかなくなったデルデアスは、今さら謝るわけにもいかず、自分の責任ではないとばかりに視線をそらす。

後から来て状況が分かっていないやつらは、どうせ俺も犯罪者の仲間だとでも思っているんだろうよ。

「ふ……だが、これは好機。足を負傷したらもう逃げられまい。ヒスイ、覚悟はいいな？」

デルデアスは不敵に笑って腕を高らかに掲げる。

いつの間にか殺到した騎士たちによって周囲は完全に包囲されていた。

「ちっ」

やつの言う通り、足を負傷した以上、自由には動けない。黒靄《ブラウ》で牢獄の外まで空間掌握し、一気に脱出するしかない。

だが問題はユアだ。魔力の残量的にユアを連れていけるかはきわどい。

デルデアスが狙っているのはあくまで俺なので、放っておいても大丈夫そうな気もするが、それで人質にでもされたら最悪だ。こいつもギルドの家族だからな。

「総員、とつげ――」

「黒《ブラ》――」

だが次の瞬間、牢獄の天井が音を立てて崩れ落ちた。

「うぃー！　元気か、ヒスイ少年！　そしてユア少女よっ！」

スキンヘッドのおっさんが、天井を突き破って落ちてきた。

大穴が空いた天井から降ってくる残骸《ざんがい》がリゴリアのハゲ頭に当たっているが、彼は全く気にする様子もなく、悠然と腕組みしている。

「無事そうで何よりだっ！」

「……いや、なんでここにいるんだよ？」

「よしっ！　では脱出するぞ！」

リゴリアは俺の言葉が聞こえていないかのように一人で納得して、話を進めていく。

「おいおいっ、話くらい聞けよ！」

「ユア少女は我が連れて行こう。ヒスイ少年は自分で戻れるか？」

「ん、まぁ、俺一人なら行けるが」

「了解だっ！　では先に行っておるぞ！　ついてこい、ユア少女よ！」

「ほえっ？　はっ、はいっ！」

リゴリアがほとんど一方的に話を終わらせる。

そして、人とは思えない異常な脚力で、壊してきた天井の穴をジャンプしながら登っていく。

華奢に見えるユアも、獣人特有の見事な跳躍力を披露して後を追う。

リゴリアがついていればユアはもう安全だ。

俺はリゴリアという嵐が去って静寂に包まれた空間でつぶやく。

「てかあいつ、俺の声聞こえてるんじゃねーか。ちゃんと質問に答えろよ」

しばらく経っても誰も動こうとしない。

いきなり天井から化け物が振ってきたんだから当然だ。

「ヒスイ……！　おかしな邪魔が入ったが、今度こそは！」

ようやく我に返った赤毛の少年が口を開いた。

「あー。デルデアス、俺はこれ以上戦うつもりはないんだが」

ユアがいなくなった以上、魔力切れを起こす心配はない。が、デルデアスは諦めが悪かった。

「逃げるつもりか！」

デルデアスが執念の籠った鋭い目つきで俺を見る。このままだと精神のバランスを崩して面倒なやつになりそうだな……まるでボシがおかしかった時みたいじゃないか。

『伝言を頼めねぇか？』

不意に、不器用な笑い方をする猿顔の少年の言葉を思い出した。

それが今のデルデアスに、どんな影響を及ぼすかは分からないが、俺はボシとの約束を反故にしたくない。

逃走のために練っていた魔力を一旦落ち着かせる。

「デルデアス。ボシの家族がどこにいるか知ってるか？」

「……なんだ、急に」

「いいから答えろよ。ボシから頼まれたことがあるんだ」

「ボシが……？　なんだ、それは？」

デルデアスは急に食いついてきた。

「はぁ……お前も人の話を聞かないタイプだな」

「いいから答えろ！」

「はいはい……。ボシから伝言を頼まれたんだよ。〝家族に謝りたい〟ってな。迷惑をかけたから、謝りたかったそうだ」

「ボシが……？」

「ああ、確かに。俺はやつからこの話を聞いたよ。俺はボシの家族の居所を知らないからな、お前が代わりに伝えてくれると助かるんだが。同じ貴族のお前が言った方が向こうも話を聞いてくれるだろうしな」

俺もギルドの力を使えば簡単にボシ一家の情報くらい掴めるが、俺みたいな平民がいきなり訪ねても、家族にまともに取り合ってもらえない可能性がある。

それに、人情に厚いらしいこいつなら、きっと断らないはずだ。

顎に手を当ててしばらく考えた後、デルデアスは頷いた。

「そうか……。分かった、いいだろう。ボシの家族には俺から言っておこう」

「すまんな、助かる」

今回の牢獄の件といい、デルデアスにはいくつも借りを作ってしまった。いつかは返さなければいけないな。

「だが……ヒスイ」

「ん？」

「それはそれだ。お前にはギルティアスのメンバーを逃した罪を償《つぐな》ってもらわねばならない」

デルデアスは俺の腕を掴んで押さえ込もうとする。

「はっ。まだ続けるつもりかよ」

「当たり前だろう！」

どうやら何がなんでも俺を捕まえたいらしい。

まぁ……それで気が済むなら捕まってやってもいい気もするが、この後リゴリアに依頼失敗でなんか言われるだろうからな。これ以上心労を増やしたくはない。

……ってことで。

「黒靄《ブラウ》」

全身に黒い魔力を纏い、牢獄の外まで空間を掌握する。

「面倒だから戦わねーよ。んじゃ、またどっかで会おうぜ」

俺が去ることに感づいたデルデアスが赤い魔力を放出したが——俺はすでに牢獄の外にいた。

牢獄を囲む灰色の壁を見上げる。

俺は踵を返してギルドを目指した。

6

「それで、結果を聞こうか」

ギルドの総帥室。

着替えと応急手当を済ませた俺は、ユアとともに、リゴリアが座る大きな椅子の前に立っていた。

「ギルティアスメンバーを逃走させてしまった」

「ふむ……」

リゴリアが険しい表情で頷く。

逃走の件はすでにユアから報告を受けているはずだが、改めて俺の口から聞いて、考えるところがあるのだろう。

「ヒスイ。Sランクである貴様がこのような失態を演じるとはな」

「それについては反論の言葉も見つからない。降格……いや、除籍の覚悟もできている」

「ほえ!? ヒ、ヒスイさん！　それはダメですよ！」

隣にいるユアが悲鳴に似た声を上げる。

だが、俺はその声に反応せず、目の前の男の返事を待った。

「それが覚悟か」

「ああ。奪還失敗ならともかく、逃走を許してしまったのは完全に俺の責任だ……」

仮に、メシャフたちが死刑にされて情報が得られなかったとしても、最低限ギルティアスの戦力は削げる。

しかし、逃走となると結果はマイナス。またいつか、メシャフやヒューリアンが牙を剥《む》く可能性だってあるのだ。リゴリアにとっては最も避けたかった結末だろう。

まぁ、シニャがふんだんにマジックアイテムを持って現れたことを考えれば、脱獄の計画はかなり進んでいたようだが……

今さらそれを言っても結果は変わらない。

しかし、リゴリアは今回の失態を重く見ているみたいだ。

「……我が言ったのは、ヒスイ、貴様の覚悟はその程度なのか？　ということだ」

リゴリアから魔力が漂いはじめる。

『龍殺し』の二つ名に恥じぬ、強烈な威圧感だ。

「ほぇっ！」

ユアも驚いて尻尾や猫耳がピンっと立っている。

「ははっ。ああ……いいぜ。命がほしければくれてやるよ」

「ヒ、ヒスイさん!?」

冷静に考えて、今の状態の俺ではリゴリアに勝つことはできないだろう。

魔力は大分減っていて、足の矢傷は応急処置しかできていない。抵抗するだけ無駄というものだ。

「だから今回の件、俺の首一つで許してくれよ？」

チラリと横に視線をむけ、言外に「洗脳されたユアは許してやってくれ」と滲ませる。

「……ぬ」

俺の意図を理解したらしく、リゴリアの表情からわずかな躊躇が垣間見える。

隣にいるバカは驚いてばかりで分かっていないみたいだが、まぁ、それでいい。

ギルドメンバーの見本にならなければいけないAランク冒険者が違法組織に洗脳されたとあっては、ギルドにとってこの上ない屈辱。普通ならお咎めなしというわけにはいかないだろう。

「俺の首はそれなりに立派だろ？　すべての落とし前をつけるには十分じゃないか？」

「だっ、だめですよ！」

ユアがわけも分からず俺の目の前に立った。リゴリアから俺を守るように両手を左右に突き出している。

「ヒスイさんはギルドに多大な影響を及ぼす大事な人です！　ギルドに数人しかいない最上位のSランクじゃないですか！」

首だけを俺に向けながら、ユアが続ける。その瞳からは涙がこぼれていた。

「ヒスイさんに助けられたギルドのメンバーはたくさんいます！　私だってヒスイさんに何度も助

けられました！　それなのに――」

「お、おい、ユア……やめろ！　お前自分が何を言っているか……」

せっかく俺が気を利《き》かせたのに、このままだと無駄になってしまう。

「いいえ！　やめません！　ヒスイさんも少しは自覚してくださいっ。あなたがギルドの人たちにどれだけ愛されているか！　リゴリア総帥も知ってますよね⁉」

ユアはリゴリアの鋭い眼光にも一切怯まず、すごい剣幕で捲《まく》し立てる。このままだと、本当に一戦してしまいそうな勢いだ。

しかしその暴走は、他ならぬリゴリアの笑い声によって止まった。

「……ぬっはっはっ！　そうだな、そうだな！」

豪快な笑い声とともに、リゴリアが放っていた威圧の雰囲気が霧散した。

突如緊張から解き放たれたユアが、目を丸くする。

「ほえ……？」

「は……？」

気が抜けたユアの声につられて、俺も素っ頓狂な声を漏らしてしまった。

そんな俺たち二人の姿を見て、「ウム、ウム」と満足そうにリゴリアが頷く。

「いやなに、これが我の与える罰だ！」

「「……？」」

リゴリアが何か説明したが、俺とユアはその意味が呑み込めず、暫《しば》し絶句した。

そして、少し冷静さを取り戻し……

「マジかよ……」

「ええええっ！　じゃあさっきの私の熱弁はなんだったんですかっ!?」

つまり、俺たちをビビらせるのがお仕置きだったというわけか。

リゴリアめ、面倒なことしやがって……一瞬死を覚悟してしまったじゃねーか。

「脅かしてすまなかったな。だが、これもヒスイ少年とユア少女の教訓になればと考えてのことだ。

ギルドは家族。責任を取るのも大事だが、互いに助け合うことはもっと大事なのだ」

「ほえええ。びっくりしましたよぅ……」

リゴリアが茶目っ気のある笑みを浮かべる。

その笑顔は幼い子供のように純粋だった。

そんなわけで、ギルドからのお説教は終わった。

今度は俺が気になっていたことをリゴリアに問い質《ただ》す。

「てか、どうして牢獄に来たんだよ」

リゴリアは思い出したとばかりに手を叩いた。

「おおっ、そうであった、そうであった。お主宛に手紙を預かっておってな。呼び出しに行ったのだ」

「それで牢獄をぶち壊すやつがあるかよ……。ん、てかどうしてリゴリアに手紙が？」

「ふむ。どうやらギルドに回した方が速いと考えていたそうだぞ」

「ほう」

もしかすると、俺の家が分からなかったか、あるいは依頼中なら家に帰るよりも先にギルドに寄るだろうと判断したのかもしれない。

「これがその手紙だ」

リゴリアはそう言って、懐から封書を取り出した。

だが、裏面の封蝋《ふうろう》に刻まれた紋章を見て、俺は思わず手を止める。

「……シルベラ家当主……エルダンか」

「うむ。そうみたいだな」

「やつにそのまま返してくれ。面倒は御免だ」

どうせロクでもない内容の手紙に決まっている。

俺がため息をついていると、なぜか隣にいるユアの顔がみるみる青ざめていった。

「ユア？　どうした？」

彼女とは関係ないはずなのに、ただ事ではない反応だ。

「私、凍らせちゃいました……」

「凍らせたって……エルダンをか？」

「あの、ヒスイさんをギルティアス奪還の依頼のために呼んだ時……」

「ああー、あの時か」

いつだったか、兵隊を連れて押しかけてきたエルダンを凍らせたことがあったな。もしかして、その件でギルドに文句を言ってきたのではないかと心配しているのか？

「凍らせたのは足だけだっただろ。それに、ユアも平然としていたじゃないか」

「あの時は洗脳されていましたので……」

しょぼーんっと、ユアがうなだれた。

そういえばボシも洗脳されていた時の記憶があったっぽいし、意外とはっきり覚えているみたいだな。

「……はぁ。ったく。やっぱりもらうわ」

俺はリゴリアから手紙を受け取り、乱雑に封を破る。

手紙の中身は、几帳面《きちょうめん》な細かい文字でビッシリ埋め尽くされていた。

「ほえ……すごい文字数ですね……なんて書いてあるんです？」

ユアが心配そうに手紙を覗き込んでくる。ユアの猫耳がピクピク動く度に顔に当たってくすぐったい。

手紙の文字を追う。

「ほとんど省略できそうだけど……要するに、シルベラ家の当主と決闘しろってことみたいだな

――って、マジか⁉」

「ほえ⁉　ヒスイさんと決闘ですか！　この前の方ですよね……全治何年の傷を負うのでしょうか……！」

ユアは驚きながらも、エルダンの末路を想像して同情している。

「ヒスイ少年よ、その話は真《まこと》か？」

リゴリアもこの手紙の内容を知って、目を見開いた。

「ああ、マジだ……あいつが〝これは冗談だ〟なんて書くわけないからな」

さらに読み進めると、もっと面倒なことが記されていた。

「あー。あっち側が勝利した場合、屋敷で暴れてシリアの婚姻を台無しにした責任を取ってもらう、だとよ」

「ほえ、シリアさんのですか……？」

「ちっ。エルダンのやつ、まだシリアを諦めてないのか」

まさかとは思うが、シリアが無理やり連れ去られていないか心配だ。

「それで、どうするのだ？」

「とりあえずシリアのところに行く。おそらく俺の家にいるだろうから、事情を説明して――」

俺がそう言いながら総帥室のドアノブに手をかけようとしたた瞬間、先に向こうから扉が開いた。

現れたのは、金糸《きんし》で装飾されたマントと白銀の軽鎧を纏い、細身の剣を腰に帯びた金髪の少女——シリアだ。

「お兄さま、その必要はありません。私も事情は承知しております」

そう言うシリアの背後には、エルダンと二人の兵がいた。

ギルティアスを退《しりぞ》けた今では、既にエルダンの洗脳は解けていると見ていいかもしれない。

エルダンが一歩前に進み出る。

「ヒスイ、我々とともに来てもらおうか」

「どこに行くつもりだ？」

「公爵家所有の鍛錬場だ。そこで決闘をしてもらおう」

「……受けないと言ったら？」

「いいや、お前は受ける」

エルダンが自信たっぷりに続ける。

「なぜなら、お前が勝てばデルデアス君の罪を不問にするからだ。この私の力でな」

「なるほど……あの後、あいつは捕まったのか。気の毒なことをしたな……」

どうやら、戦わなければならなくなったみたいだ。

デルデアスには俺のせいでずいぶん迷惑をかけてしまった。

この一件、本来なら俺が指名手配されてもおかしくないはずだが、エルダンの口ぶりでは、そうはなっていないらしい。

おそらく、あの場にリゴリアが割って入ったことで、〝俺の失態〟は処刑を強行しようとした王国側に対する〝ギルドからの意思表示〟へと変わった。

そこで国は、これ以上ギルドと波風を立てるのを恐れて、全ての罪をデルデアスに負わせようと判断したのだろう。

俺が暴れて看守や警備兵に犠牲者が出たのも、ギルティアスメンバーの逃走を許したのも、全てデルデアスが俺を牢内に招き入れたことが原因だ——と。

腹黒い狸《たぬき》どもが跋扈《ばっこ》する貴族社会で長年立ち回っているだけあって、エルダンの交渉能力には目を見張るものがある。

こちらの心理を的確に突く条件を出してきた。

——決闘を受ける。

そう決めて、俺はエルダンやシリアに同行することを承諾した。

ギルドの外にはシルベラ家の豪勢な馬車がとめてあり、俺はそれに乗り込んだ。

リゴリアとユアはギルドの外まで俺を見送ったが、鍛錬場についてくることはなかった。

狭い馬車の中でエルダンと顔をつきあわせるのは気が滅入《めい》る。

移動中は、ひたすら重苦しい空気が流れた。

俺は黙って物思いにふける。

どのように責任を取らされるのかは分からないが、シリアは決闘の条件に同意しているのだろうか。

しかし、エルダンとともに総帥室に来た時に、彼女はもう知っていた様子だった。

まあ、どの道負けるつもりはない。俺は戦うだけだ。


「着きました」

御者《ぎょしゃ》を務めていた兵士のうち一人が、扉を開けてそう言った。

外から入ってくる爽やかな風と光によって、張り詰めていた空気が洗い流される。

鍛錬場の中に直接馬車をつけたみたいだ。

公爵家の鍛錬場は学園の演習場と似たようなもので、魔法の誤射で被害が出ないように、四方を分厚い灰色の壁で囲まれている。

天井はなく、柔らかな太陽の光が差し込む。

学園の演習場と比べると公爵家所有の鍛錬場の方がいささか小さいが、一対一で決闘するには十分すぎる広さだ。

俺は鍛錬場の真ん中に立ち、少し離れた場所のエルダンを見る。

「それじゃあ、やろうか」

だが、エルダンは口を閉ざしたまま、俺の言葉に応えようとはしなかった。

今更怖《お》じ気づいた……というわけではなさそうだ。その瞳はジッと俺を見据えたまま。

返事は思わぬところからきた。

「はい。お兄さま」

白銀に輝く細身の剣を手にしたシリアが、俺の前に立った。

馬車はすでに去っており、周囲はもう完璧に戦闘の準備が整っている。

だが、俺だけが混乱して、心構えができていない。

「なんでお前が返事をする……シリア。エルダンはあんな隅っこで何をしている」

シリアとエルダンを交互に見て、疑問を口にする。

もしかして、シリアも洗脳されてしまったのだろうか？

「今は私がシルベラ家の当主代行を務めております。よって、今回の決闘はおにい――ヒスイ様と私の戦いとなります」

平然と言ってのけるシリア。その瞳はしっかりとした意思の光が感じられる。それに、いつもの癖で俺を〝お兄さま〟と呼ぼうとして訂正したところを見ると、洗脳というわけでもなさそうだ。

ならば、シルベラ家に何があったのか。

エルダンがまだ学生のシリアに当主の座を譲が理由も分からない。洗脳の件で責任を取って隠居でもするつもりか？

「構え！」

俺の心中など知らぬとばかりに、エルダンが声を張り上げ、決闘開始の合図をする。

あいつがこの戦いを見守る審判役というわけか。

この決闘のルールすら聞いていないが、シリアはすでに油断なく剣を構えて、魔力を練っている。やる気だ。

俺も最低限の魔力を練ってこれに備える。

そしてシリアが魔法を放つ。

「雷風《ミュール》！」

雷を帯びた竜巻が土煙を巻き上げながら迫る。

風と雷、上級の混合魔法だ。

「闇手《アスデ》」

咄嗟に魔法の刃でシリアの魔法を斬る。

しかし俺は、防御に成功した瞬間、すぐに闇手《アスデ》を散らせた。

牢獄で暴れすぎたせいで、もうあまり魔力が残っていないのだ。

エルダン程度なら一捻りだと思って不用意についてきてしまったが、まさかシリアと戦うことになるとは、完全に予想外だった。

シリアには悪いが、容赦せず速攻で決める。

彼女の攻撃手段は右手に持っている白銀の剣と、聖・雷・風の三属性の魔法だ。

剣の腕前は今のところ未知数だが、さっき放った混合魔法は上級だった。

通常単一魔法であれば王位まで放てると見ていい。

……ん？　いや待て。今までシリアが戦っている姿をほとんど見たことがなかったが、これだとユア並に強いのではないだろうか。

接近戦もそれなりにこなすとすれば、総合力ではユアを上回るかもしれない。あいつは獣人族なのになぜか魔法に特化しているからな……

「滝風《アッシ》」

シリアが魔法を唱える。メシャフも使用していた魔法だ。

真上から高密度に圧縮された空気が降りかかった。それはもはや風というよりも、巨大な空気のハンマー。

俺は負傷していない方の足の脚力のみで後方に跳んで、かろうじてこれを避ける。

「……マジか」

俺は滝風《アッシ》が直撃した場所を見て呟いた。

地面が深く抉れ、子供ならすっぽり収まってしまうほどの大きな穴ができていたのだ。

威力も範囲もメシャフとは桁違いだ。

「どうですか？　私、ずっと鍛えてきたんですよ」

「ああ、強いな。これならギルドでもすぐに上のランクにいけるだろう」

「えへへ。ありがとうございます」

シリアは、はにかんでお辞儀する。戦闘中だというのに……

こういうところは、まだ実戦慣れしていない者の油断というやつだ。

俺はシリアが顔を上げる前に闇玉《ダルフ》を三つ作る。殺傷目的ではないので、爆発の性質は付与していない。

これを、それぞれシリアの右肩、腹部、左足を狙って高速で放つ。

「わわっ！」

シリアは白銀の剣に魔力を込めながら、慌てて右に避けた。

いい判断だ。

もし逆側に避けていたならば、右肩の闇玉《ダルフ》は確実に回避できる。しかし、足と腹部に向かった魔法に対処しなければいけない。それでは視線が下がり、俺から目をそらすことになる。つまり、隙が生まれてしまう。

右側に避けていれば、俺を視界に捉えたまま肩と腹部の魔法に対処できるというわけだ。

……まぁ、一般的な魔法ならそれで十分だったんだけどな。

「きゃっ!?」

悲鳴とともにシリアの白銀の剣が吹き飛ぶ。

そして、闇玉《ダルフ》の一つが彼女の脇腹に命中する。

右肩を狙ったものは、シリアが振るった白銀の剣によって軌道を変えられ、鍛錬場の壁にめり込んだ。

「ど、どうして……。重い……！」

シリアは、痛む脇腹を左手で押さえながら、後方に弾き飛ばされた剣を確認した。

念のため、俺はもう一つ闇玉《ダルフ》を作って右手のあたりに浮かべておく。

「簡単なことだよ。シリアが剣に纏わせた魔力と、俺が放った魔法の魔力量が違いすぎたんだ」

「……ああ、そういえば闇魔法は！」

シリアは納得がいった様子で俺を見た。

「そう。魔力消費がバカでかい。だからその分、魔法の一つ一つが重いってわけだ」

闇玉《ダルフ》一つで王位レベルの魔力を消費する。だから俺の魔法を消したければそれ以上の魔力を使用しなければいけない。

まぁ、それだけの魔力をぽんぽん出せるやつは、そうそういないけどな。

「そんで、降参するか？」

俺はあくまで余裕のある態度を誇示するように提案した。

シリアは、俺が魔力を消耗していることも、足を負傷していることも知らないだろう。魔法で圧倒され、接近戦におけるアドバンテージだった剣を失った時点で、勝ちの目がないと考えてくれれば儲《もう》けものだが。

しかし……彼女は俺の予想以上に負けず嫌いだった。

「まだやりますっ！」

シリアは白銀の剣には目もくれず、魔力を練りはじめた。

「……はっ。そんなにやる気なら、手加減しねーぞ？」

俺は小さく笑い、後ろ髪を掻いた。

「もちろんです！」

手傷を負い、魔力残量も少ないが、シリアが本気で挑んでくるなら、俺もそれに応える。


――勝負はすぐについた。

「さすがですね……お兄さま」

呼吸を乱し、地面に仰向《あおむ》けに倒れたシリアが、こちらを見た。

土で汚れ、所々ほつれたマントは、彼女が幾度となく倒れながらも俺に挑んできた証だ。

俺は先ほどと変わらぬ姿で立ちながら、横たわるシリアに目を向けた。

「何度魔法を放っても届かない……通じない……。こんなにもやるせない気持ちになるなんて……」

気がつけば、シリアの瞳から大粒の涙がこぼれていた。

「私……頑張ったのに……どうして……」

シリアは両手で顔を覆い隠して、弱々しい嗚咽《おえつ》を漏らす。

俺はため息をついて言った。

「あのなぁ……。俺だって頑張ってるんだよ。血みどろになって、何度も死線をくぐって生き抜いてきたんだ」

「お兄……さま……？」

決闘が終わって気が抜けたのか、いつのまにかシリアは「ヒスイさん」、ではなく、「お兄さま」と呼んでいた。

「お前も学生にしたら十分強いが、まだまだ甘い。実戦慣れしていないんだ」

「実戦慣れ……ですか……」

「そう。どうせ的《まと》に向かって魔法を撃ったり、剣を素振りしたり、そんな練習ばかりしてきたんだろ？　それじゃあ、全然足りないんだよ」

シリアは涙で赤く腫れた目で俺を見上げた。

それにしても、エルダンがまだ俺の勝利宣言をしないのはどういうわけだ。

「エルダン。約束はちゃんと果たせよ」

無表情のまま、こちらを見て動かないエルダンが、わずかに頷いた。

そして、シリアに厳しい視線を向けて口を開く。

「情けない……そんな様《ざま》で取引とはな」

「ああ？　どういう意味だよ？」

俺の質問には、シリアが答えた。

「お兄さまにはまだ言ってませんでしたね。実は今回の決闘で、お父さまと取引をしていたのです」

「ん、何をだよ」

「もしもお兄さまに負けたら、私はシルベラ家の当主を続ける。ただしお兄さまに勝ったら、シルベラ家の家督《かとく》をエルダン様に委譲《いじょう》し、私は家を出る……と」

そう言って、シリアは寂しそうに笑った。

「つまり、決闘に負けたシリアはシルベラ家に戻るってことか？　勝手に決めるなよ！」

理解の及ばない展開に、俺は呆然と立ち尽くす。

「いいんです。私が言い出したことですから……」

「見込み違いだったぞ、シリアよ……。こんな出来損ないにも勝てないような軟弱《なんじゃく》者に、シルベラ家を継がせるわけにはいかない」

うなだれるシリアに、エルダンは容赦ない言葉を浴びせた。俺はそんな仕打ちに我慢ができなくなり、思わず声を荒らげる。

「おい、そんな言い方はないだろう!?　……って、ん？　今なんて言った？」

「気が変わった。お前とは縁を切る」

エルダンは無表情で続ける。

「これで、お前はシルベラ家の人間ではなくなった」

「お父さま……」

……えっと。

俺を蚊帳の外にして何を話してるんだ。

「それは、家を出てもいい……ということですか……？」

シリアの問いに、エルダンは重々しく頷いた。

「おい、いいのかよ。シルベラ家の跡取りがいなくなるんだぞ」

シリアに当主を継がせないのはともかく、縁を切ってしまったら世継ぎがいなくなる。

俺たちの他に兄妹がいない以上、このままではシルベラ家は潰れてしまうというのに、エルダンは平然としていた。まるで、事前に心の準備をしていたのではないかと思えるほどに。

王に次ぐ名門の公爵家が潰れるのは、ただごとではないのだが……俺が心配することではないか。

「かまわん。血の繋がった者を養子として迎えればいい」

「養子か。まぁ、好きにやればいいさ」

「なんならヒスイ、お前が復縁するか？」

エルダンが真顔で冗談を言った。

「はっ。面白くねー冗談だな」

俺はそう言い残してエルダンに背を向ける。シリアと一緒にギルドに帰還するのだ。

「行こうぜ、シリア」

俺はシリアのもとに歩み寄り、手を伸ばした。
その手を掴んで、シリアが立ち上がる。
「はいっ！」
しっかりと地面に足をつけて頷いた彼女の顔は、とても綺麗で、晴れ晴れとしていた。
鍛錬場を去る際、一度振り返って見たエルダンの顔はどこか寂しげに感じた。
だが、もし〝あの言葉〟が冗談じゃなかったとしても、俺の返事は変わらないだろう。
俺の家はギルドなのだから。

7

地下監獄での騒動から数日が過ぎた。

魔力も外傷からも回復し、ほぼ全快した俺は、学園の理事長室を訪れていた。

「ヒスイっ！」

突如俺の背後の扉が開き、聞き覚えのある声が響いた。

だが、声の主である赤毛の少年は、すぐさま自らの犯した過《あやま》ちに気づき、「あっ……」と、小さな悲鳴を漏らした。

「なんじゃ、急に部屋にきて大声を出すとは。ヒスイは今、妾と話しておるのじゃ」

アリゲール学園の長にして守護者、セスティアの叱責《しっせき》が飛ぶ。

紫紺の髪に赤と金のオッドアイ。幼女のような小さな体が特徴だが、「賢者」と称されるその名に違《たが》わぬ実力を備えている。

そんな彼女からしてみれば、赤毛の少年――デルデアス・ルゴルドなど、いくら貴族でも取るに足りない存在だ。

しかし、セスティアには学園の理事長としての立場もあるので、いくら無礼を働いたからといって、生徒であるデルデアスの首を取るような真似はしないだろう。

だが、それでもやつが「やらかした」ことに変わりはない。

死人のように真っ青な顔で、デルデアスは深々と頭を下げた。

「も、申し訳ありません！　急用でヒスイ——君を探しており、場所もわきまえずに入ってしまいました！」

「はぁ……まぁいいのじゃ。どうせ話も終わっておったからの」

「ありがとうございます！」

ペコペコと頭を下げるデルデアス。普段の尊大な態度とは大違いだ。

俺は苦笑しながらデルデアスの方に振り返った。

「そんで、なんの用だよ？」

「あ、ああ。お前、シルベラ家の人間と知り合いなのか……？」

「ん、どういうことだよ？」

デルデアスが何を言わんとしているかはだいたい予想がつくが、下手な受け答えをして藪蛇《やぶへび》にならないように、あえてすっとぼけることにした。

「いや……実は……例の牢獄の件で罪に問われそうになった俺を、シルベラ家の当主、エルダン様が救ってくださったのだ」

「そうか。それはよかったじゃないか」

「よかったじゃない！　お前のせいで酷《ひど》い目に遭いかけたんだぞ!?　まあ、それはもういい。俺を救った時、エルダン様がなんと言ったと思う!?」

「ん、なんだよ？」

「〝ヒスイに感謝するんだな〟だとよ！　これってどういうことだ！」

「……知らん」

エルダンめ、余計なことを言ってくれたな。

しかも「俺に感謝しろ」って、元はといえば俺が原因なのだが……まぁ、あいつはそこまで知らないから仕方ないが。

「とぼけるなよ、説明しろ！」

エルダンと血の繋がりがあるとバレたら、またこいつの「お前も貴族になれ」が始まるに違いない。はっきり言って、デルデアスの勧誘は聞き飽きた。

「まぁ、ちょっと用事があって話し――」

「ヒスイとエルダンは父子の関係じゃ。もちろん血も繋がっておる」

「おおおおいっ！」

俺の思惑を完全に無視して、セスティアが家庭の事情を暴露《ばくろ》した。

「妾は何も間違ったこと言っておらんじゃろ？　な、ヒ・ス・イ？」

悪戯《いたずら》心満載の顔でほくそ笑むセスティア。ほとんどの人にとっては愛くるしい笑顔に見えるだろうが……俺にとっては殴りたくなるような悪魔の顔だった。

「はぁ……確かに俺とエルダンは血が繋がっている」

バレてしまった以上、俺も素直に言うしかない。

「おおっ！　ヒスイはやはり貴族になるべき者なのだな！」

ほら、やっぱり言いやがった……

「いや、だがもうエルダンとは縁を切った。だからもう貴族とは一切関係ない」

「それは言われなくても分かる。シルベラ家の跡取りはシリア嬢しかいないのは皆が知るところだからな。ならば、なんらかの理由で幼少期に離縁したと考えるのが自然だ」

「……なるほど、冷静な分析だな」

「しかしっ、ヒスイに公爵家の血が流れているとは！　やはりお前は貴族になる運命なのだ！」

……はぁ。これだから、エルダンとの関係は隠しておきたかったのだ。

俺は恨みを込めてセスティアを見た。

しかし、セスティアは満面の笑みを浮かべている。

また魔法協会をぶっ壊してやろうか……

「はぁ……お前はそんな話をするために理事長室まで押しかけて来たのか？」

「ん――ああ！　そうだった！」

暗に帰れと訴えたつもりの俺の言葉に、デルデアスが過剰な反応を示す。

おいおい、本当にまだ用事があるのかよ。これ以上の厄介ごとは困るぞ。

ちょうどその時、理事長室のドアがノックされた。

「すみませーん。ここにデルデアス様がいると聞いたのですがー」

「おお、ご苦労だったな。お前たちはもう行っていいぞ」

廊下からの呼びかけに、デルデアスが扉を開けて応える。

「はい。失礼します」

廊下には人一人がすっぽり収まるほどの黒く大きな塊があった。いつか見たデルデアスの取り巻きが、三人がかりで運んできたようだ。

それは俺にとって、とても親近感が湧くものでもある。

「その塊からヒスイと同じ魔力を感じるな。なんなのだ？」

セスティアがまじまじと塊を見つめて、首を捻る。

「分かりません。牢獄の騒ぎでヒスイが作ったものです。害はないようですが、なかなか消えないので、ヒスイに消してもらおうと思って持ってきたのです」

デルデアスが淡々と経緯を説明する。

一人くらいなら入れそうな大きな黒い魔力の塊ね……ははは……

「やはり心当たりがあるようじゃな。……ん、どうしたヒスイ、汗がすごいぞ？」

セスティアが訝しげに俺の方を見た。

「おい、大丈夫か！　ハンカチ使うか？」

「うわあああっ！」

俺は二人の言葉を無視して黒い塊に駆け寄る。

手をかざし、塊を構成する魔力を霧散させると、デルデアスの取り巻きたちが持ってきたその塊は瞬時に消えた。

中から現れたのは……恐怖に顔を引きつらせたダークエルフの少女、ディティアだった。

「完全に忘れてた……」

目の前の現実を受け入れたくないあまり、両目を手で覆う。

俺は牢獄でユアの妨害をしようとしたディティアをこの魔法に閉じこめた。

それっきり綺麗さっぱり忘れてしまっていたのだ。

自分が置かれた状況が呑み込めない様子のディティアは、両手をだらりと下げたまま、呆然と周囲を見回している。

「な、ななんじゃ……小さな別の魔力があるのは感じておったが、ヒスイの魔力が大きすぎてはっきり見えなかったのじゃ……。まさか中にダークエルフの少女がおるとは……」

「それよりも大丈夫なのか!?　あれから数日この中にいたんだろ!?」

セスティアとデルデアスはそれぞれに驚きの言葉を口にする。

俺はとりあえずディティアの方を見る。

「お前、もう洗脳は解けてんのか？」

「……え？　あ、ああ。もう大丈夫みたい」

「そっか。ならいい」

しっかりした眼差しで受け答えする彼女の瞳を見る限り、正気に戻ったと判断してもいいだろう。

もし洗脳が解けていなかったら、理事長室で戦う羽目になるところだった。

「いや、他にも聞くべきことがあるだろう、ヒスイ！　もう数日もこの中にいたのだぞ!?」

デルデアスはそのことが気になって仕方がないようだ。

「安心しろ。体調に問題ないはずだ。俺も原理は分からんが、なぜかこの中では時間を感じないらしいんだ。時間の流れ方が違うのかもしれないな」

らしい……というのは、俺自身はこの中に入れないからだ。

もちろん、この魔法も魔力が切れれば自然消滅してしまう。

一般的に見ればかなりの魔力を練ったが、それでもあと一日か二日経てばディティアは解放されていたはずだ。

「なんだと!?」

デルデアスは信じがたい様子で、ディティアを上から下まで眺め回して確認した。

だが、本当に彼女が無事だと判断したのか、安堵の息をつく。

「ディティア」

「え、あ、何よ？」

ディティアは相変わらずつっけんどんな態度で返事をする。

「洗脳されていた時の、状況は覚えているよな？」

ユアの記憶と重複する部分はあるだろうが、ギルティアスに関する情報は少しでも集めておきたい。

「ええ。私を洗脳したシニャって子は無口だったけれど、命令は確実でしっかりとしていたから」

「そうか。なら、ギルドまでついて来てもらおう」

「……ギルド？　なんで？」

ディティアが訝しげに俺を見る。

「ギルドがギルティアスの情報を欲しているからだよ。お前は洗いざらい知っていることをゲロっちまえばいい」

「違うわ。私が聞きたいのは、どうしてあなたがギルドに協力するのか、ってことよ」

「それは俺がギルドに所属しているからに決まってるだろ」

その言葉でディティアが目を見開く。

「……ヒスイ？」

なぜか疑問形で俺の名を問うディティア。

「ん？　洗脳されている間に俺の名前を忘れちまったのか？」

ディティアは首を傾げながら再度俺に問いかけた。

「Sランクの……？」

「そうなるな。ってわけで、お前をギルドに連れて行かせてもらおう」

ギルティアスの幹部と接触し、交戦した以上、もう正体やら実力やらを隠す必要はない。

それに、ディティアのことはあまり知らないが、デルデアスほど面倒なことにはならないだろう。

そう思って伝えたのだが……

「えええええ！」

ディティアが学園中に響きそうなほどの叫び声を上げた。

「だって、Sランクのヒスイさんって言ったら、筋肉ムキムキの大男って聞いたわ！　それに、闇魔法を扱う化け物とも！」

「筋肉ムキムキ……大男……まぁ、それらは違うが、闇魔法を使うのは本当だ」

未だに目の前にいる俺がそれだと信じていないのか、ディティアは〝Sランクのヒスイ〟には〝さん〟付けをしている。

それにしても、ただの噂とはいえ、筋肉ムキムキの大男ってのはいかがなものだろうか……。実際に俺に会ったことがあるやつは少ないとはいえ、そこまで見当違いの噂が流れていると悲しくなる。

「だって、入学試験の時に魔法を使わなかったじゃない！　ズルしたじゃないの！」

ディティアはまだ納得いかないのか、非難がましい視線を向けてくる。

「牢獄で俺と戦った時に闇魔法を使ったのを忘れたのか？」

「そ、それは覚えてるけど……」

「だいたい、ズルってなんだよ。メシャフが許可したんだから、接近戦でも構わないだろうが」

ディティアのツンっと尖《とが》っている耳がうなだれた。

「うう……本当に……本物なの？」

ディティアは未練がましくもう一度確認してきた。

視線を彷徨《さまよ》わせ、落ち着かない様子で指を弄《もてあそ》んでいる。複雑な感情が入り混じって整理できないのだろう。

「ま、別に信じなくても構わねーよ。どちらにせよ俺の得にはならないからな」

「しっ、信じるわよ。戦ったんだし、強さが分からないわけじゃない……。けど……」

「――!?　待て、これはどういうことなのじゃ!?」

ディティアが言いかけた言葉をセスティアの声が遮った。

会話中だったディティアと俺はもちろん、デルデアスもセスティアの方を見た。

「急にどうした？」

「ヒスイ……学園内で暴れている魔力を感じたのじゃが……」

セスティアの指摘で気づいたが、理事長室の外がガヤガヤと騒がしい。

「ん、そういや、さっきからうるさいな」

聞こえてくるのは戦闘と破壊の音。

戦闘技術を中心に教える学園だから、日頃からこういう音が響くことはある。だがこれは、明らかに訓練の規模ではない。実戦の音だ。

何度も実戦を繰り返している俺にはよく分かる。

「ちょっと行ってくるのじゃ！」

セスティアが緊迫した声を出して、一瞬でその場からいなくなった。

俺のものとは別の魔法を使用し、転移して現場へと向かったのだろう。

理事長がいなくなったことで、奇妙な沈黙が流れた。

外から聞こえてくる喧騒が余計に大きく感じる。

「……俺もいってくる」

俺は理事長室のドアを開いた。

状況を確認するためにも、魔法による転移ではなく走って向かうことにしよう。すると、後ろからディティアとデルデアスが続いた。

「私も」

「俺も行こう」

どうやら二人もついてくるようだった。

戦闘の音が次第に近づいてきた。第五演習場だ。

「何をやっておるのじゃ！」

演習場に入るなり、セスティアの怒声が響いた。

武具を手にした数人の生徒が彼女と向かい合っているのが見える。周囲には負傷して倒れている生徒たちも少なからずいた。

その光景を見たデルデアスが、恐れるように呟いた。

「これは理事長がやったのか……？」

「いや、それはねーな。セスティアは戦闘態勢にすら入っていない」

「なら……まさか……」

「ああ、セスティアに相対しているあいつらが倒したんだろうな」

「なぜそんなことを!?」

「知るかよ。喧嘩でもしたんじゃねーの？」

実際、俺も見ていたわけじゃないから、答えられるわけがない。

「どうするの、ヒスイ……さん」

ディティアも俺の後ろで困惑している様子だが——

「いや、〝さん付け〟とか今更だろ。もう呼び捨てでいいぞ」

「そ、そう。じゃあ、今まで通りヒスイって呼ぶわ。それで、どうするのよ？」

「どうするって言ってもな……。この人数で、しかもセスティアがいるんだから、俺たちがやることはなさそうだが」

いくら生徒たちが束になってかかっても、セスティアにあっさりと抑えられてしまうのは明白だ。

「じゃあ私たちは見ているだけなの？」

「……いや、だが、セスティアが魔法を使うかもしれないから、今はあまり近づかない方がいいな」

俺たちが会話している間にもセスティアの呼びかけは続いたが、生徒たちは平然と武器を構えた。冗談だろ？　まさか彼らはこのままセスティアと戦うつもりなのか。

「手加減はするが、妾の魔法はちょっとばかり痛いのじゃ。それでもやるつもりかの？」

そんなセスティアの警告に耳を貸すことなく、生徒たちが動いた。

本当に事を構えたバカたちに、セスティアは深いため息をつく。

「火矢《ファイヤーアロー》」

たった一言唱えただけで、セスティアの後ろに燃えさかる炎の矢が百以上も浮き上がった。

通常単一魔法の下位レベルだというのに、上位と遜色《そんしょく》ない魔力を帯びた矢。それが百も集まるとなると、全体ではもはや王位をも凌駕《りょうが》しているかもしれない。

「止まらねば撃つのじゃ」

セスティアが最終警告を発する。

これで本当に降参しなければ、彼らはかなり痛い思いをするだろう。

あの火矢《ファイヤーアロー》を見れば、仮に守る術があったとしてもかすり傷どころではすまないと簡単に分かるはずだ。

それでも彼らは止まらなかった。

「くっ。バカどもめ！」

セスティアが生徒たちに向けて右手を突き出す。

それと同時に火矢《ファイヤーアロー》が一斉に放たれる。

もちろん彼らは各々魔法の障壁を展開して防いだが、結果は予想通り。

倒れ伏す生徒の数が増えただけだった。

客席側にいた教師たちが駆け下りてきて、負傷した生徒をせっせと回収していく。

保健室にでも連れて行くのだろう。

セスティアは悔しそうに握り拳を作りながらうなだれていた。

俺は彼女に近づいて声をかける。

「まだ終わってないみたいだぞ」

俺の言葉に、セスティアが勢いよく振り返った。

彼女の中に様々な疑問が渦巻いているのは想像に難《かた》くないが、今は周囲から増え続けている戦闘音に気を配らなければいけない。

セスティアなら分かるはずだ。

暴れている魔力がまだいくつもあると。

「なんじゃ、これは……」

しかも一ヵ所どころではない。あちこちで、何人もの生徒が暴れている。

誰も予想できなかった未曾有《みぞう》の事態だ。

「何が起こっているのじゃ……」

自分の学園の生徒が暴れているという事実に、セスティアはかなり動揺していた。

「しっかりしろ、今お前が動かないでどうするよ。見ろ、お前を囲んでいるやつらを」

驚きのあまり固まっているセスティアの肩を揺さぶって呼びかける。

顔を上げたセスティアは、彼女の周りに集まった教師たちを見て呟く。

「……お主ら」

一般世間からすれば実力者ばかりの彼らが、小さなセスティアを囲んでいる。

皆、彼女の指示を待っているのだ。

「――これより、学園の平和を維持するため、鎮圧《ちんあつ》を開始するのじゃ」

我に返ったセスティアは、すぐさま的確な指示を飛ばし、教師たちを動かした。

俺も協力しようと思って動き出したところで、セスティアが俺を呼び止めた。

「ヒスイ！」

「どうした？」

「もしかすると、いま暴走しているやつらは洗脳されているのではないか？　どうも様子がおかしい気がするのじゃが……」

「洗脳……か。あり得るな」

演習場の入口からは遠くて生徒たちの顔つきはよく見えなかったが、言われてみれば、虚ろな目をしていた気がする。

「だが……どういうことじゃ。もうギルティアスの主要メンバーは撤退したんじゃろう？」

「そのはずだが……」

まだギルティアスの手の者が学園内にいるとしか思えない。シニャたちが戻ってきたのか、あるいは別の誰かか……。だが、一体どこにいる？

それに、どうやってこれだけの数の生徒を洗脳して、操っているのか。

「セスティア。洗脳する際にマジックアイテムが魔力を放っているはずなんだが、分からないか？」

「洗脳する時に使うマジックアイテムかの？　それらしきモノは散らばっておるが……」

セスティアの言葉の歯切れが悪い。

どうやら洗脳のマジックアイテムと断言できるモノは見つかっていないみたいだった。

「もう少し時間をくれれば、見つけてみせるのじゃ」

そう言って、セスティアは座り込むと、周囲に漂う魔力を探りはじめた。

見事に女の子座りだな。

さっきから黙ってこちらを見つめているディティアに声をかける。

「おい、ディティア、流れで連れてきちまったけど、お前本当に洗脳は解けているんだろうな？

また暴れ出したら闇玉《ダルフ》の中に入ってもらうからな」

「ひっ――嫌です！」

俺の言葉に反応して、ディティアは子犬のようにプルプルと震えだした。

「ヒスイさんとはもう戦いたくないです！　死にたくないです！」

そのまま腰砕けになってかがみ込んだディティアは、両手で顔を覆ってしまった。

というか、敬語？

生意気な態度を崩さなかったディティアが、さん付けどころか俺に敬語を使いはじめた。

「お、落ち着け。どうしたんだよ、ディティア？」

「嫌だ、嫌だっ！　黒い玉は嫌です！」

「大丈夫。お前が何もしないなら、事を構えるつもりはない」

子供のように泣きじゃくるディティアをなだめる。

「ほ、本当ですか……？」

目に涙を浮かべたディティアが俺を上目遣いで見た。

「本当だ」

どうやら彼女は俺との戦いで余程恐い思いをしたみたいだ。それがトラウマになったのか。

そういえば、ユアの時は激しい感情や思いがきっかけになって洗脳が解けたようだったが、ディティアの場合は戦闘の恐怖を抱えたまま闇玉《ダルフ》の中で過ごしたせいで正気に戻ったのかもしれないな。

「お、お見苦しいところを……すみません……」

ディティアが頬を赤く染めて恥ずかしそうに俯く。

「まぁ、気にするな。俺もここまで脅かすつもりじゃなかった」

まだ魔力の源を探しているセスティアに視線を向けると、彼女はちょうど立ち上がったところだった。

「あったのじゃ！」

洗脳しているマジックアイテムの場所を特定できたのだろう。

嬉しそうな表情。

「場所は？」

「第一演習場じゃ。一つだけやけに静かなところがあると思ったら、ビンゴじゃった」

セスティアは俺の後方を指さして言った。

「おーけー。じゃあ、そこには俺が行くわ」

俺が歩き出すと、後ろからセスティアが呼び止めた。

「妾もついていこう」

セスティアに続いてディティアとデルデアスも同行の意思を示したが、俺は三人を突っぱねた。

「いいや、せっかくのところ悪いが、俺一人で行く。セスティアはディティアとデルデアスを連れて、別の場所を制圧しに行ってくれ」

「ぬ。じゃが、お主一人だけでは……」

セスティアが心配する気持ちも分かるが、不必要に戦力を集中するよりは、柔軟《じゅうなん》に動いた方がいい。

俺は振り返って、セスティアに言い聞かせた。

「大丈夫。俺を誰だと思ってる？　……それに、自分の犯したミスの始末は自分でつけたいんだ」

まだ確信は持てないが、生徒たちを操っているのはシニャ、ヒューリアン、メシャフのいずれかである可能性が高い。

もしもその三人であれば僥倖《ぎょうこう》だ。

まぁ、彼らじゃなくともギルティアスの主要メンバーならば上出来。

今度こそ、必ず捕縛する。

二度も同じドジを踏むつもりはない。

「分かった、よいじゃろう」

俺の気持ちを汲んでくれたのか、セスティアが頷いた。

「すまねーな」

俺は背を向けたまま、彼女たちに手を振って第五演習場を後にした。


第一演習場にいたのは――ヒューリアンだった。

青髪に碧眼《へきがん》の笑顔が眩《まぶ》しい優男。

だが、どんな状況でもその笑みを顔に張り付けているのはある種異常だ。

「やぁ、来ると思っていたよ」

ヒューリアンの周囲には誰もいない。つまり、俺と二人きり。

やつの手にはレイピアが握られている。

「お前一人か？」

正直に答えるかは分からないが、探りを入れて反応を見ることにする。

もしもやつ一人だけならば、マジックアイテムをどこかに隠し持っている可能性がある。

他に誰かいるならば、そいつが持っていると考えていいだろう。

「ははっ。そんなに警戒しなくてもいいじゃないか」

ヒューリアンは曖昧に応える。

「あちこちで暴れているみたいだが、どうやって、あんな数の生徒を洗脳できた？」

「予想はついているんじゃないのかい？」

俺は軽く舌打ちをした。

のらりくらりと質問をかわしてくる。

俺は考えていることをそのまま告げた。

「元から洗脳はしてあった、って感じか？」

「正解だね！　ぱちぱちぱち～」

ヒューリアンはレイピアを地面に突き刺し、両手で拍手をする。

動作がいちいち芝居がかっていて大げさだ。

「だが、やけに多いじゃないか。今年一気に増やしたのか？」

俺が学園に来る時に得た情報では、毎年数人がギルティアスに入ってるということだったが、今学園で暴れているのは、ざっと見て数十名だ。

「いやいや、今年も例年と大差ないよ？」

「……は？」

俺が聞き返すと、ヒューリアンは変わらずおどけた調子で続けた。

「あー。ヒスイ君、勘違いしているね。この学園からギルティアスに入るのは一年に数人だ」

ヒューリアンの笑みが深くなる。

そしてやつは、「でもね」と続けた。

「僕たちが接触したけど組織に入ってない子たちも、毎年数十人はいるんだ」

……ちっ。

二度目の舌打ちをした。

つまり、組織に加わっていない生徒の中にもギルティアスの息がかかった者は大勢いるということか。

だとしたら、俺が考えていた以上にギルティアスは危険な組織だ。

リゴリアの危惧は正しかったみたいだな。

全ての国にギルティアスを指名手配しなければ、いつしか国の中枢を乗っ取られてしまう可能性だってある。

「けど、まぁ今年は特別だ」

「特別……？」

「そうだよ。そもそもさ、どうして僕たちが洗脳をしてまでギルティアスに人を入れていたと思う？」

今度はヒューリアンが俺に質問する番になった。

さっさととっ捕まえてやりたいところだが、何か情報を引き出せそうなので、もう少しお喋りに付き合うとしよう。

「組織の戦力を増強するためじゃないのか？」

「そうだね、半分正解だ。でも、僕たちの目的はそれだけじゃない」

「目的だと？」

「そう。目的だ。ギルティアスが組織として欲しているものだね」

ギルティアスが組織として欲しているもの……。そもそもこの組織が悪事を働くのは、なんのためだ……。

そういえば、以前シニャが言っていた。

魔神の器がどうのこうの、と。俺がそれに関連しているような口ぶりだった。

「……魔神の器を探していたのか……そして今年、それが見つかった」

「そう！　今までそれっぽい子を洗脳してはギルティアスで調べてたんだけどねぇ。これがなかなか見つからなくて……」

「だが、俺は調べられてないはずだが？」

俺はギルティアスに洗脳された覚えはないし、何か調べられるようなことはされていない――いや、ある。それらしき経験が……。

俺を隅々まで調べることが可能だった人物がいる。

「ははっ！　分かってきたじゃないか！」

「……シニャ、か」

シニャはギルティアスのメンバーだった。

俺は何度も、彼女の研究を手伝ったが、その中に俺を調査する目的のものがあったに違いない。

「してやられた――って顔だねぇ」

ヒューリアンがそう言って、楽しそうに笑った。

「そろそろ、最初の質問に答えようじゃないか」

ヒューリアンが大げさに手を広げた。

そして、俺を見て不敵に笑う。

「質問？」

「そう。僕があえて曖昧にはぐらかして答えたやつだよ」

ああ、「お前一人か？」ってやつだな。

「えーっとねぇ。僕だけ、ここには僕一人しかいないよ――」

ヒューリアンがそう喋っている最中に、入口から生徒がなだれ込んできた。

数は三十ほど。

全員目が虚ろで、完全武装している。

まだこんなに洗脳されているやつらがいたのか。

「――さっきまでは、だけどねぇ！　はっはっは！」

ヒューリアンが愉快そうに笑う。

なるほどな。時間稼ぎのためにベラベラ喋っていたのか。

「さぁ、行けみんなァッ！」

洗脳されている生徒たちが号令と同時に動き出す。

ヒューリアンもレイピアを振りかざして猛然と襲いかかってくる。

全員が武器攻撃。魔法を使う者はいない。

その様子を冷静に見極め、俺は最後に動き出す。

一度身を低くして、地面から小石を拾う。

そして左右に腕を振るい――

「闇玉《ダルフ》」

無数の黒い球体が発生した。

「はっはっは！　無駄だァ！　魔法を無効化するマジックアイテムも――」

ヒューリアンがマジックアイテムを起動させるべく懐に手を入れた。

さらに、奥に水晶型のマジックアイテムが二つ垣間見えた。

ヒューリアンはそのうち一つに手をかける。もう一つは洗脳のマジックアイテムだろう。

放たれた俺の闇玉《ダルフ》はまだ消えていないが、あれが効果を発生する前に対処をしなければ消滅は免れない。

「知ってるよ」

俺は一言だけ返事をした。

さっき拾った小石を、ヒューリアンが取り出したマジックアイテムめがけて投げつける。

パリン。

「なっ……！」

ヒューリアンが割れた水晶を、驚愕した顔で見た。

お、笑顔じゃなくなったな。

「それくらい予測できてるに決まってんだろ」

俺の闇玉《ダルフ》は未だに消えていない。

漂っていた闇玉《ダルフ》が速度を増して動き出す。

放たれた闇魔法が全員に命中した。

命を奪うほどではないが、相当な威力だ。大半の者は気絶している。

俺以外に立っている者はいなくなった。

「終わりだな、ヒューリアン」

ヒューリアンは両膝をつき、魔法が命中した腹を押さえている。

「は……ははっ……ぐぅ……」

ヒューリアンが驚愕で顔を強張《こわば》らせたのは一瞬だけのことで、今はもう普段の笑顔に変わっている。

まぁ、汗が滲み出て、かなり苦しそうではあるが。

「まだ意識があるとは、しぶといな」

俺は純粋に思ったことを告げた。

「そりゃぁ……どうも。はっ……ははっ……けど、死にそう……なんだよね」

ヒューリアンが息をする度にカヒュッ、カヒュッ、と異音が鳴る。

これはかなり辛いだろうな。

「安心しろ、死にはしない」

殺すつもりならとっくにやっている。

だが、生徒たちは洗脳されていただけで罪はない。

しかも大半が貴族だろう。軽率に殺してしまっては後々面倒だ。

ヒューリアンを殺さなかったのは、情報をたっぷり搾り取らなければいけないからだけどな。

俺はヒューリアンの懐から、割れていないマジックアイテムを取り出した。

抵抗はされなかった。その気力すらないだろう。

「洗脳を目的としたマジックアイテム、か」

それは手のひらに収まるくらいの小さな水晶玉だった。

だが、黒く濁っていて中が見えない。

パッと見ただけならば、闇玉《ダルフ》に似ている。

「それを……どうするつもりだい……？」

ヒューリアンが苦痛で顔を歪ませながら、俺を見上げる。

「決まってんだろ」

俺は黒い水晶を握っている手を——振り下ろした。

パリン。

水晶玉は渇いた破裂音とともに、粉々に砕け散った。

「こんなもの、ない方がいいに決まってる」

「……そう……かい……」

それだけ言い残し、ヒューリアンは意識を失って倒れた。

それにしても、なぜこいつは学園に戻ってきたのだろう。

勝ち目がないことくらい、簡単に分かるはずだ。

学園で暴れる以上、セスティアが出てくることだって考えられる。やつにとってはますます不利な状況。

ならどうしてだ。

……復讐《ふくしゅう》、か。

殺された兄の仇をとろうとしたんだろうか。

それはヒューリアンが目覚めるまで分からない。

突然洗脳から解放された生徒たちは、若干の戸惑いこそあったものの冷静に教師たちの指示に従ったため、学園の混乱は順調に収束していった。

記憶が残っていたので、自分が何をしていたかすぐに呑み込めたのだろう。

気絶した者や負傷した生徒は、怪我の程度によって相応の施設に連れて行かれた。

ヒューリアンは、俺が担《かつ》いでギルドに運び込んだ。

リゴリアからはただ一言――

『お疲れさまだったな』

と、声をかけられた。

ヒューリアンを捕縛した経緯は聞かれなかったが、なんとなく察したのだろう。

学園での出来事はすぐに正式な報告が上がって、リゴリアも耳にすることになる。

ヒューリアンの今後を聞こうか迷ったが、やめておいた。

ともかく、これでアリゲール学園での生活は終わりだ。

ヒューリアンが襲撃する前、俺が理事長室にいたのは、学園を自主退学するための手続きをしていたからである。

あの時点でギルティアスを学園から取り除くという依頼は終えていたので、これ以上学園にいる必要はなくなっていた。

ま、最後にヒューリアンの襲撃という意外な出来事はあったが、とにかくこれで本当に終わりだ。

◆

　あれから数日経った。

　ギルドの建物に入ると、朝だというのにギルド専用の食事処《しょくじどころ》で酒を飲んでいるやつらで賑わっていた。

　食事処と反対側の壁全体は掲示板になっていて、依頼書が所狭しと張り出されている。

　新たな依頼を見つけるためにぼんやり掲示板を眺めていると、隣にユアがやってきた。

　彼女も俺も、もう学生服は着ていない。

「終わりましたね」

「……最後、お前は何もしなかったけどな」

「むぅ。仕方じゃないですか。もう終わったと思ってたんですから」

　ユアが頬を膨《ふく》らませた。

　まぁ、俺もあれは完全に想定外だった。

「でもでもっ！」

「ん？」

　どうやらユアの話には続きがあるようだ。

「あの状況でも敵の襲撃を予知して対処する！　これがSランクなのですね！」

目を輝かせ、両手をグーにして顔の前に持ってくる。

その姿は無邪気な子供のようだった。

「……まー、なんつーか。そんなもんだ」

決して返事を考えるのが面倒だったからというわけではないが、曖昧に答える。

予知か……

無意識のうちに何かを嗅ぎ取っていて、引き寄せられたのかもしれないな。

ユアが「おおー！　私も見習わないと！」と言っているが、これ以上まともに応対するのも面倒なので、依頼板を見ることに専念するとしよう。

そんな中、ギルド内部が急に騒がしくなりはじめた。

「おい！　噂の麒麟児がBランクの魔物を単独で狩ってきたぞ！」

「たった数日でCランクに上り詰めたやつか！」

「こりゃあBランクもすぐだな……」

俺も声につられてそちらを見る。

「おお！　噂通りの可愛さだな！」

「ユアちゃんと遜色ねーぞ！」

男たちが騒いでいる先にいたのは、返り血にまみれたシリアだった。

何やら巨大なゴリラの死体を引きずっている。

「あ、お兄さま！」

俺に気がついたシリアが、血だらけの腕を振りながらこちらに駆け寄ってきた。

もちろん巨大なゴリラ（死体）も引きずって。

「げ、元気そうだな」

「ええ！　つい昨日Cランクになったんですよ！」

シリアは汚れていない方の手をポケットにつっこんで、ギルドカードを取り出した。

そして誇らしげに俺に見せる。

ギルドカードには「Cランク」と書いてあった。

知っている。

というか、昨晩もその話を聞いたばかりだ。

そういえば、シリアは当分俺の家で寝泊まりすることになった。

シルベラ家と縁が切れた今、彼女は住む家を失ってしまったからだ。

衣服と枕でパンパンになった鞄《かばん》を持って押しかけてきた時は、何事かと思ったが。

「ほえ、本当にCランク……！」

シリアのギルドカードを横から覗き込んだユアが、驚きでため息を漏らした。

「えへへ。すぐにユア先輩にも追いつきますよ！」

「こ、これ、本当に追いつかれてしまいます……。私がCランクになったのはギルドに入って一カ月経ってからだったのに……」

ユアは、たった数日でCにまで上り詰めたシリアと、かつての自分とを比べて落ち込んでしまった。

いや、一ヵ月でも十分に早いんだけどな。

もし今のユアが最初からやりなおせば、シリアと同じくらいの速度でランクを上げられるはずだ。

それは、シリアとユアが同じくらいのレベルであることを意味する。つまり、これから彼女たちはいいライバル関係になるだろう。

やれやれ、俺も努力しないといけないな。

とあるおっさんのVRMMO活動記
PCオンラインゲーム
絶賛
サービス中
ワンモア・フリーライフ・オンライン
とあるおっさんのオンライン活動記
上級クラス実装で
新たな
展開へ!
キャラクター固有のスキルを自由に組み合わせ、
自分だけのコンビネーションを繰り出そう!
詳しくは http://omf-game.alphapolis.co.jp/ へアクセス!
©2000-2016 AlphaPolis Co.,Ltd. All Rights Reserved.

Re:Monster
ゲームアプリ解放中《リリース》!!
0万
ウンロード
突破!
※2017年2月21日時点
App Store無料ランキング(ゲームカテゴリ) 2位!
※2016年2月25日時点
Google Play™ 国内アプリ新着無料ランキング 3位!
※2016年2月26日時点
おかげさまで誕生1周年!
喰えば喰うほど強くなるRPG!
Re:Monster《リ・モンスター》
〜ゴブリン転生記〜
書き下ろしマンガも公開中じゃよ
詳しくは
http://remonster.jp/
にアクセス!
【Android】Google Play
【iOS】App Store
で好評配信中!
携帯サイトはこちらから!
©Kogitsune Kanekiru ©AlphaPolis Co., Ltd.

超人気異世界ファンタジー THE NEW GAT
スマホアプリ絶賛配信中
THE NEW GATE
ザ・ニュー・ゲート
大迫力の本格バトルRPG
ここに開幕――
毎週 新装備が続々登場中！
新規でゲームを始めると
10連ガチャ
1回分のジェイルを
プレゼント！
【Android】Google Play
【iOS】App Store
でダウンロード!
公式サイトは
こちら
http://game.the-new-gate.jp/
©Shinogi Kazanami ©AlphaPolis Co., Ltd. キャラクター原案: 魔界の住民・三輪ヨシユキ

ネットで話題沸騰！
アルファポリスWeb漫
面白い漫画が毎週読める!!
アルファ
COM
原作：秋川滝美
漫画：しわすだ
居酒屋ぼったくり
ゲート GATE
自衛隊　彼の地にて、斯く戦えり
原作：柳内たくみ Yanai Takumi
漫画：竿尾悟 Sao Satoru
原作 丘野 優 Yu Okano
漫画 鈴木イゾ Izo Suzuki
平兵士は過去を夢見る
HIRA-HEISHI WA KAKO WO YUMEMIRU
原作 サカモト666
漫画 水清十朗
ダンジョンシーカー
The Dungeon Seeker
原作：瀬戸メグ
漫画：橋本ユウ
邪竜転生
人気連載陣
● THE NEW GATE
● 月が導く異世界道中
● 獣医さんのお仕事 in 異世界
● 魔拳のデイドリーマー
● 異世界を制御魔法で切り開け!
● のんびりVRMMO記
● 転生しちゃったよ（いや、ごめん）
and more...
原作 椎名ほわほわ
漫画 六堂秀哉
とあるおっさんのVRMMO活動記
漫画：小早川ハルヨシ
Re:MONSTER
リ・モンスタ
選りすぐりのWeb漫画が
無料で読み放題!
今すぐアクセス! ▶ アルファポリス 漫画 検索
アルファポリスアプリ
スマホでも漫画が読める!
App Store/Google pla
でダウンロード!

村人《むらびと》Z
広島県で生を受けた後、他地へ転居。射手座の面倒臭がり屋。2016 年よりウェブ上で「Sランクの少年冒険者が依頼を受けて学園へ」の連載を開始し、読者の支持を得る。改稿・改題の後、2017 年同作で出版デビュー。

イラスト：ペコー

本書は Web サイト「アルファポリス」（http://www.alphapolis.co.jp/）に投稿されたものを、改題、改稿、加筆のうえ、書籍化したものです。

Sランクの少年冒険者《しょうねんぼうけんしゃ》 ～最強闇使《さいきょうやみつか》いが依頼《いらい》を受《う》けて学園《がくえん》へ～

村人Z（むらびとぜっと）

2017年 2月 28日初版発行

編集－仙波邦彦・篠木歩・太田鉄平
編集長－塙綾子
発行者－梶本雄介
発行所－株式会社アルファポリス
〒150-6005東京都渋谷区恵比寿4-20-3恵比寿ｶﾞｰﾃﾞﾝﾌﾟﾚｲｽﾀﾜｰ5F
TEL 03-6277-1601（営業） 03-6277-1602（編集）
URL http://www.alphapolis.co.jp/
発売元－株式会社星雲社
〒112-0005 東京都文京区水道1-3-30
TEL 03-3868-3275
装丁・本文イラスト－ペコー
装丁デザイン－ansyyqdesign
印刷－中央精版印刷株式会社

価格はカバーに表示されてあります。
落丁乱丁の場合はアルファポリスまでご連絡ください。
送料は小社負担でお取り替えします。

ISBN978-4-434-23040-0 C0093